FINAL
IDENTITY

最终身份？

王迪菲 / 著

北京理工大学出版社
BEIJING INSTITUTE OF TECHNOLOGY PRESS

版权专有　侵权必究

图书在版编目（CIP）数据

最终身份 / 王迪菲著 . — 北京：北京理工大学出版社，2021.1（2022.2重印）

ISBN 978-7-5682-8940-5

Ⅰ．①最… Ⅱ．①王… Ⅲ．①幻想小说－中国－当代 Ⅳ．①I247.5

中国版本图书馆CIP数据核字（2020）第157174号

出版发行 /	北京理工大学出版社有限责任公司
社　　址 /	北京市海淀区中关村南大街5号
邮　　编 /	100081
电　　话 /	（010）68914775（总编室）
	（010）82562903（教材售后服务热线）
	（010）68944723（其他图书服务热线）
网　　址 /	http://www.bitpress.com.cn
经　　销 /	全国各地新华书店
印　　刷 /	三河市华骏印务包装有限公司
开　　本 /	880毫米×1230毫米　1/32
印　　张 /	8.5
字　　数 /	156千字
版　　次 /	2021年1月第1版　2022年2月第2次印刷
定　　价 /	42.80元

责任编辑 / 宋成成
文案编辑 / 宋成成
责任校对 / 周瑞红
责任印制 / 施胜娟

图书出现印装质量问题，请拨打售后服务热线，本社负责调换

—— 献 给 ——

王爱民　凌爱国　廖春华

—— **特别感谢** ——

江波老师　　张海龙先生

序

虚拟的世界，真实的人生

自从科幻小说诞生以来，就和惊悚有千丝万缕的联系。号称第一篇科幻小说的《弗兰肯斯坦》，如果不强调它的科幻属性，就可以归入惊悚小说的范畴。恐怖文学大师斯蒂芬·金写的许多小说中带有科幻的元素，但据说他并不认为自己写的小说是科幻小说，而称之为高技术惊悚。我想，高技术惊悚这个概念，对王迪菲的这一篇《最终身份》来说，应该是一个恰当的定位。

故事有十万余字，不算太长，情节却曲折复杂，一波三折，颇有独到之处，结合了数个角度来探讨虚拟世界这个话题。

虚拟世界的概念，古来有之，只不过在古代技术不发达的情况下，多以梦境来进行描述。南柯一梦这个古典故事，就具备了虚拟世界的形态。战国时代的哲学家庄子，则梦见自己变成蝴蝶，醒来后有了"庄生梦蝶，还是蝶梦庄生"的感慨，这感慨中，也就带上了对现实世界的怀疑，怀疑自己是不是活在一个虚拟世界里。古人只能靠做梦，今人则有脑科学和计算机技术来助推，也就有了更多的现实可能。

　　脑科学在不断发展，科学家对于人脑的了解越来越深，虽然细节仍旧暧昧不清，但可以看到大致的轮廓。脑机接口的技术也在不断进步，让人可以直接通过大脑来操控简单机械。这两方面的进展，让虚拟世界逐渐从幻想走向现实。我相信，如果技术的发展不被打断，那么终有一天，类似于电影黑客帝国的情景可以出现：人和电脑相连，在虚拟世界中活动。到了那个地步，再向前一步，其实连身体都可以省去，彻底变成"缸中之脑"。

　　王迪菲的这篇小说并没有走到缸中之脑的地步，而是采用了人可以在虚拟世界中生活这个假设。甚至反过来提出一个设想：既然拥有大脑的人可以进入到计算机的世界，那么计算机世界中的一段复杂程序，是否也可以进入到人的大脑，从而实现从数字世界到物理世界的飞跃呢？我不想透露王迪菲小说中的答案，就说一点自己个人的看法。记忆和自我意识侵入到另一个体，在穿越小说中很常见，好莱坞电影中也有类似的点子，例如《万能钥匙》《逃出绝命镇》，我自己曾经写过一篇《移魂有术》，也很类似。从物理的真实性来说，要让一个大脑产生一个虚假的记忆并不太难，但是要让一个人的大脑装满另一个人的各种记忆，这种可能实在太小了，大约和我们发现一种超越光速的旅行方式一样不靠谱。然而科幻的魅力，部分就在于并不需要绝对遵循物理世界的真实，可以进行适度的虚构和想象。想象意识的入侵或者交换，并不是科幻的专利，如何对虚构和想象进行解释，才是科幻和奇幻玄幻的分野。王迪菲以科学和逻辑的方式对此进行解释，是一篇货真价实的科幻小说，其中体现出他深厚的知识储备。

知识储备对于科幻小说作者来说，多多益善。互联网时代，知识不需要通过小卡片的方式来积累，在网上一搜，都能应付得过去。对于非科研的知识应用而言，知识储备的关键，在于知识的系统化。如果把知识当作一座宝山，互联网的作用，就是把宝山堆在了用户面前，知识系统则是一把钥匙，可以随时进入宝山之中找到。知识系统不可能通过搜索而来，必然要内建于人的大脑之中，非经年累月的积累而不能得。写作科幻小说，尤其是长篇，涉及的元素很多。短篇小说尚且可以依靠一个点子，一个想法灵光一现而来，长篇就没有这样的好运，而必须是多种元素的综合。作者的逻辑思维是否清晰，知识储备是否丰厚，在长篇小说的架构和发展中，都会向读者展露得一清二楚。

如这篇小小的序言开头所说，这是一篇带有惊悚属性的小说，其中一些内容，野性十足。年轻的科幻作者，头脑灵活，知识储备也相当丰富，也很敢想。王迪菲的小说我头一次读，就有这样的感受。这非常令人惊喜！期待他写出更多更好的作品来，为繁荣中国的科幻文学，增添一份力量。也衷心祝愿他找到自己的文学之路，让自己的世界变得更丰满，更强大。

江波

楔　子

"铃木？铃木？"

祁龙睁开眼睛，迷迷糊糊地发现那个名叫史蒂夫的医生弯着腰正摇晃着自己的身体。

"铃木，有人来看你。"

病房里面弥漫着一股次氯酸钠的味道，史蒂夫医生的马脸上满是雀斑，露出的笑容就像某个廉价油画店里面画了一半脸的油画，很难让人喜欢起来。

"我说了多少遍了，我的名字叫祁龙！"

史蒂夫医生耸了耸肩膀。

"铃木，祁龙先生专程从洛杉矶来看望你，自从……"

"你说什么？"

祁龙一瞬间没理解医生所说的话。

"祁龙先生就在门外面，自从前天你家发生爆炸后，警察一直找不到你的家属，搜了半天，才发现了掉在草坪上的相册，上面有你和他的合照。"

祁龙躺在病床上，呆呆地仰视着史蒂夫医生瘦长的脸，想起了前天在铃木家看到的合照。

"祁龙先生一听说你发生的事情马上就赶过来了，我看你现在的身体情况不错，说不定见见你的朋友对你的大脑创伤会有些好处。"

"我的大脑运转得非常好。"

"也许吧，"史蒂夫医生直起腰来，"我现在就叫祁龙先生来见你。"

"喂，你先替我松松绑，这样子叫我怎么见客人。"

祁龙努了努嘴示意自己正被五花大绑着。

"那可不行，我们得为你的安全考虑，否则像昨天那样鸡飞狗跳的样子，我无法交代。"

"我看是为你自己考虑。"

史蒂夫医生一边咬着牙笑一边揉了揉额头上的创可贴。

"主要还是为了来访客人的安全考虑。"他刚想转身朝紧闭的病房大门走去，忽然回了下头。"铃木先生，你张口闭口自称是祁龙，现在祁龙先生就在门外，我倒想看看谁才是真的。"

史蒂夫医生打量了下祁龙的头。

"从发量上来说，真正的祁龙先生可比你茂盛多了。"

祁龙生气得挣扎着想起身打他，可是身体被牢牢地固定在了床上，床发出了轻微的"吱呀"声。

病房门无声地打开，史蒂夫医生走出去了，门又无声地关上。门外出现分辨不出具体含义的人声，祁龙认出了其中一个声音，那是史蒂夫医生公鸭般的嗓子，另一个有些陌生却也有些熟悉，或许用似曾相识形容更好点。

祁龙被专门用来捆绑躁狂症病人的拘束带固定在了病床上，心里面还残留着幻想，他认定一定是哪里搞错了，一定是当中某个环节出了差错，否则自己好端端的怎么就变成了另外一个人呢？

就在祁龙胡思乱想的时候，门无声地打开了，一个和自己长得一模一样的男人走了进来。那个人，满脸笑容。

"哎！铃木，你是怎么搞的？"

好像有人浇了一盆冰水在自己身体上一样，祁龙知道，这下麻烦大了。

一

时间流逝的速度在这个接近漆黑的通道内难以计算,后面一个人完全看不清前面一个人的背影。大约走了 30 秒到 3 分钟这个区间内的时间跨度,祁龙的脚步声停止了。

窸窸窣窣的光从四面八方漏散进来,慢慢地照出了一个长方形通道空间的轮廓,脚底的地板也弥散进了光线。起初点点繁星般的光斑上下左右前后 360 度均匀分布。然后这些光斑渐渐变大,相邻的光斑逐渐融合连成一片,就像破碎的钢化玻璃修复还原一般。

杰森·内特罗斯重新出现在了祁龙的面前。

祁龙和杰森·内特罗斯所处的长方形通道是一个横贯的空中玻璃走廊,走廊置身于一个宏大空间里。透过左边玻璃可以看见无数个橄榄造型的透明容器等间距地排列着,一直延伸到了无尽的远方,容器内是浅绿色冒着气泡的液体。杰森·内特罗斯起了一身的鸡皮疙瘩,不自觉向祁龙靠了靠。

"杰森，你要的肝脏就在里面，自己挑吧。"祁龙指着左侧容器里悬浮的物体。

"祁龙，别整这些花里胡哨的，我看不清楚。"

"那就随便选吧，这可都是我精心设计的。"

"不都是假的吗？龙，你把这些什么玻璃统统去掉，把肝脏拉过来，让我看得清楚点。"杰森环看四周，边拍着祁龙的肩膀边说。

"看你猴急的样子。"

一瞬间，长方形通道空间消失了，两人凭空悬浮在了宏大的空间里。

杰森·内特罗斯一跃而起，像只蝴蝶一样在泛美生物遗传技术公司的克隆肝脏三号孵育场里面逡巡。他一会儿在上面，一会儿又飞到了下面，从祁龙的视角里面看，这是一个快 300 斤的大胖子仿佛在宇宙里面自由自在地飞翔，而事实上，这个坐拥 800 亿美元的富豪平时走两级台阶都会累。

"我说，你干吗不搞个真的克隆肝脏的工厂，这样我就能拿到现货了。"

杰森的声音从遥远的上方传来，声音的能量并没有削减，在祁龙耳朵里面很是清楚。

"没场地。"

"我给你提供。"

"伦理委员会通不过。"

"我能搞得定。"

"联邦政府不批准。"

"没关系,国会里面都是我朋友。"

"这没用。"

"怎么没用,你可别以为我只有钱多。"

"不行。"

"怎么不行?"

杰森"唰"地一下出现在了自己的面前,吓了祁龙一跳。

"在你这里真不错,我还能瞬间转移。——你刚才为什么说不行?"

祁龙皱了皱眉头。

"如果搞个真的大型克隆器官工厂走流水线,这样不是人人都能换器官了吗?那你们这些有钱人和那些没钱的还有什么区别呢?"

杰森细细品味了下,还是摇了摇头。

"听上去似乎有些道理,但是我还是不大认同,你可以在我这里专门造个克隆器官工厂,为我一个人服务,就在布干维尔岛,没人会知道。"

"我可不蹚这个浑水,要搞你自己去搞。"祁龙叉着腰耸耸肩,表示自己没兴趣。

"我要有这个本事,就不用找你商量了。话说回来,有时候我还真讨厌你这副我行我素的样子。"

"我可不想被记者写成一个科学商人。"

杰森抿着嘴似笑非笑地看了祁龙一眼。

"算了,不和你费那些口舌了。言归正传,我的肝脏是哪一个?"

"这些都是。"

"我看着都一样,你给我挑个最好的。"

这时,高空中出现了一个连接在一个吊车上的机械手臂。闪着金属光芒的暗灰色抓取装置从天而降牢牢地固定住椭圆形状的容器,一声清脆的"咔嗒"声后,椭圆形玻璃容器脱离原先的固定器,然后像夹娃娃机里的玩具一样被向上吊走,最后渐渐缩小消失在了上空的某个地方。

"帮你挑好了。"

祁龙话音刚落,一个圆润的红色肝脏浮现在两人之间。

"我多久能拿到?"

"后天。"

"后天?这么快?听说你不是得先造个克隆人,然后再从克隆人身体里挖出来吗?"

"你听谁说的?克隆人可是犯法的,我用的是逆向诱导干细胞技术,首先得提取你的单个白细胞,然后加入四个转录因子,分别是 Oct4……"

杰森·内特罗斯耐着性子听完了祁龙天书般的叙述,只要一说到自己研发的技术祁龙就唠叨个没完,但他一次都没听懂过。

"龙,到时候给我找个好点的肝移植大夫,我的肝现在硬得和水泥块一样,再不换也就不用换了。"

"这个你放心。"

杰森·内特罗斯心满意足地点了点头,手里面开始把玩着那个泛着光点的肝脏。

"好了,杰森,该聊聊诺贝尔奖的事情了。"

杰森专心致志地玩弄着手里面这个崭新的人体器官,没看到祁龙变得严肃的脸。

"你小子也太着急了,现在哪有才30岁出头就得奖的?"

祁龙一把夺回了弹性十足的肝脏,满脸愠怒地看着杰森。

"好吧,好吧,"杰森夸张地举起手表示歉意,"明天参议员格伦会找你,已经通知你的秘书了。"

"他和委员会的那帮老家伙谈好了?"

"你知道格伦这家伙性格挺怪的,什么也没和我说。"

"没有透露点什么?"

"没有。"

祁龙讨厌这种命运掌握在别人手里的感觉。

"不过你放心,祁龙,你明天要展示的那个什么'永生化'的技术会给诺贝尔奖委员会的那帮老头子留下点好印象。"

看到祁龙紧锁眉头不说话,杰森·内特罗斯拍了拍祁龙的后背,接着眯起自己的小眼睛。

"放松点,龙,别整天想着诺贝尔奖的事啦,人生在世要及时行乐。"杰森摸了摸自己圆滚滚的肚皮,被满脸横肉压成一道缝的小眼睛里面让人猜不透在想些什么。

"我现在不缺那些物质上的快乐。"

"你不缺，我缺。"杰森对着祁龙眨了眨眼睛，"你帮我把身体变成年轻人的样子，橄榄球运动员的那种，再给我几个姑娘，像上次那样。"

杰森边笑边露出发黄的牙齿。

"杰森，你那么有钱，直接去拉斯维加斯不就行了吗？"

"我身体不支持啊！再说，还是在你这里安全，干什么都不用担心。"

一眨眼工夫，杰森·内特罗斯从一个大胖子变成了一个强壮的运动员模样，接着在杰森的背后出现了一扇门。

"在门里面。"祁龙撇了撇嘴。

"够意思。"杰森眨了眨眼睛。

"想要出去可别忘了暗号，否则就困在里面了。"

"我可真想一辈子困在里面。"

说完杰森·内特罗斯变得很英俊的脸庞消失在了门里。

祁龙把周围的那些巨型玻璃容器全部抹去，让自己置身于一片黑暗之中。牛顿、麦克斯韦、爱因斯坦，还有很多印刻在人类历史里的科学家在脑海里旋转，祁龙觉得自己有资格和他们平起平坐，只是缺一个让民众了解自己的机会。

在漆黑的世界里，祁龙仰天随口喊了一句。

"芝麻开门。"

祁龙从蓝色的液体里面爬出来，头套上连接着一串串电线和蓝色黏稠的液体。身体用特殊的小分子材料包裹住，上面有无数的纳米级传感器，可以传输各种感官的刺激，最小感觉分辨距离为 1mm。

"老板，是不是所有有钱人都是这样。"

铃木透夫扶着祁龙从液体里面出来。

"铃木，你这小子也有这方面的爱好吧？"

这句话瞬间让铃木透夫涨红了脸，每次祁龙提到这件事铃木就不说话。

祁龙瞟了铃木一眼，双手支撑着一用力站了起来。

"去把毛巾给我，快点。"

铃木透夫转身一瘸一拐地朝着位于房间一侧的架子走去，几个特殊材质的蓝色毛巾挂在那里。

"铃木，我看还是给你换个脊髓吧，你这慢吞吞的速度毛巾什么时候拿得到啊？"

祁龙把头套从头上取下来，不耐烦地看着铃木龟速般走了过来。

"老板。"

铃木低着头把毛巾递了过去，他看着自己的老板从"浴缸"里出来后把全身擦了个遍，蓝色黏稠的液体有时候会甩到自己的脸上。铃木感觉自己就像古印度的某个皇帝旁边微不足道、可有可无的侍女，呼之即来挥之即去。

"好了，我先去洗个澡，你叫爱丽丝帮我把列车准备好。"

"明白了,老板。"

祁龙把毛巾扔还给铃木,头也不回地朝着一侧的浴室走去。不一会儿,浴室里传来了水打在瓷砖上和玻璃上的哗哗声。铃木透夫手里紧抓着毛巾,眼睛看着自己发明的脑机交互仪头套,水花的声音在耳朵里面显得极其刺耳。

"喂,铃木,你这几天没什么事情了,国防部的事情下周再说。"

浴室的门开了又关上,祁龙的话犹如海带丝缠住了自己的身体,越想挣脱就缠得越紧。铃木看了看手环上的时间,计算着还剩下的时间。铃木已经记不清这种寄人篱下、让人提心吊胆的日子过了多久了,上一次自己能够安安稳稳地睡个好觉似乎是上个世纪的事情。

恼人的口哨声从浴室里面发出来,铃木尽量不去听。过不了多久,这种受人支配如同奴隶般的生活就要过去了,千万不能出岔子,现在需要做的就是耐心等待。

祁龙今年30岁,准确地说还有两个月就是整整30岁了。他的经历在生命科学领域可以说是传奇般的,20岁在加州大学拿到了医学博士学位,不止一次登上了顶级科学刊物的封面,两年之后创立了泛美生物遗传技术公司。现如今,金钱对自己只是一串数字,美女也激发不了多少自己的兴趣了,唯一欠缺的就是如何能让自己名垂青史。这两年的诺贝尔医学奖颁布前,他一直都是赔率最高的人选,可惜连年落选。对于能不能得奖,记者采访时的他对此非常坦然，以一种平常心来对待，他对记者说与其期待这项殊荣，安心地探索科学的奥秘更加符合自己的性格。

现在，祁龙坐在了时速 1200 千米的 SonicTube 超高时速管道胶囊列车里，脑子里面想着如何使得明天肿瘤大会报告演讲的内容打动诺贝尔奖委员会的那些评委们。

"列车马上要到站了。"

一阵悦耳的电子旋律响起，打断了祁龙的思路。

"老板，我们到了。"

斜躺在对面的秘书爱丽丝话音刚落，隧道的一侧出现了一丝光亮。很快，光线越来越强，照亮了管道内的轨道，祁龙在列车停稳前就已经把扣带解开了。

"爱丽丝，把明天的行程和我说下。"

走在无人的列车大厅里，爱丽丝的高跟鞋鞋跟和地面碰撞的声音清脆悦耳。

"明天早上 8 点您的私人飞机会在机场等您，上午 10 点是大会的开幕式——"

"上午 11 点让飞机在楼顶等我。"

爱丽丝跟在祁龙的身后点了点头，然后在手里拿着的平板电脑上滑动着。

"下午 1 点是您的汇报，汇报时长半小时，接着是记者会。"

"又得回答一群白痴的问题了。"祁龙紧接着问道，"明天的东西都安排好了吗？"

"安排好了。"

两人身边的场景变成了迷宫般的通道,每隔一段距离会出现消防栓。

"下午4点,前参议员格伦要和你见面。"

祁龙嘴里面哼唧着。

"然后是,对了,明天是您妻子的生日。"

"明天?"

"是的。"

"怎么又过生日了?"祁龙翻着白眼道。

拐过一个弯道后,一部电梯映入眼帘,爱丽丝快步走上前去按了电梯按钮。

"准备个蛋糕和玫瑰花给她送过去。"

"老板,您妻子是想问您有没有时间和她一起去趟国家公墓。"

祁龙停顿了下,然后走进电梯。

"她这么喜欢去墓地,索性把坟迁到家里来算了,叫她自己去。"

电梯门阖上的时候,祁龙的手环震动了,他看了一眼手环上传来的信息,接着骂了一句脏话。

"爱丽丝,叫铃木后天晚上在二号实验场等我,告诉他是国防部的事。真是一群催命鬼。"

他顺便看了一眼时间,离明天的汇报时间还有仅仅12个小时,但祁龙现在一点困意都没有。

二

　　沿着加州一号公路朝前驶去，侧面是太平洋吹来的海风。可敞篷车顶一直打开着，前挡风玻璃虽然减弱了迎面而来的风，但是美由纪的长发还是不由自主地随风招展着。进入了春天的美国西海岸依然残留着些许寒意，美由纪把原本拉到手肘位置的袖子复原到手腕处，调整了下自己的墨镜。漫长的海岸线一侧是悬崖峭壁，另一边是科迪勒拉山系绵延的丘陵。天空呈现着迷人的深蓝色，似乎是将太平洋倒扣在了天穹里。一号公路蜿蜒着朝着前方伸展，直到被远处的海岬所遮盖。公路上的车辆寥寥无几，车身轻易地超过了前面那辆慢吞吞行驶着的货车。

　　轰轰轰——

　　安静被车后面传来的引擎的轰鸣声打破。

　　美由纪朝着后视镜瞄了一眼，一群文身男子骑着大功率的机车从后面急速驶来。不一会儿，美由纪的跑车周围就被机车群所包围。今天驾驶的是丈夫的跑车，本来应该是他开车载着自己，可是丈夫今天有个重要的会议需要参加。没有他来也好，落个清净。说起来，祁龙已经连续三年没有和自己一起去墓地了。这几年他的事业越来越兴旺，回家的时间也是越来越少，现在这辆曾经丈夫最喜欢的跑车已经成了自己出行的座驾了。

"早上好，女士。"

高大强壮的白人男子们很有礼貌地向美由纪微笑致意，然后朝前飞速驶去。机车群在前方已经渐行渐远，引擎声消散在了山峦和海涛之间。前方不远处出现了一个道路岔口，美由纪将跑车转到了最右边的慢车道，回忆又慢慢地浮上了心头。

加州州立国家公墓是个半开放的墓园，坐落在离海岸不远处的一片起伏山岗下。美由纪将跑车停在了墓园外的停车场里。敞篷车顶自动合上后，她拔出车钥匙，打开车门，把太阳眼镜推到额头上，起身看了看一尘不染的天空后，轻轻地把车门关上。

加州早晨的阳光犹如柔顺的丝绸般覆盖在青山绿岗上。美由纪穿着碎花连衣裙，裙裾一直拖曳到了小腿肚以下的位置，隔着黑色平底鞋之间露出了一小段白皙的肌肤，在阳光的映衬下美由纪的皮肤显得更加苍白，脖颈上的一串珍珠项链简直就像是从皮肤里孵化出来的一般。经过前几日的雨水冲刷，墓园里的植物纷纷开始吐芽，美由纪沿着公墓大道走，前方某个墓碑就是她的目的地。

无数等间距竖立的长方形墓碑在芳草绿茵地朝着远方铺开，一直延伸到了地平线处的橡树林，更远处是连绵不尽的落基山脉。

今天前来凭吊的人不多,美由纪走了一段路才见到人的身影。这里有许多阵亡士兵的墓地,从第二次世界大战一直到第二次朝鲜战争,墓碑上刻着墓碑主人的姓名、军种军衔、阵亡地点和出生年月。美由纪走过时会下意识地瞥一两眼墓碑上的文字。

……
罗伯特·肯斯中士
美国海军陆战队第三师
紫心勋章
阵亡于长津湖附近
1992.7.21—2024.4.25
……
霍华德·康普顿下士
美国海军陆战队第一师
紫心勋章
阵亡于清川江附近
1999.1.23—2024.4.13
……
德里克·詹姆斯少尉
紫心勋章
……
……

一个穿着迷彩军装的男子单膝跪地,低着头顶着墓碑无声地啜泣,美由纪经过时看见了这个高大男子的肩膀在抖动。不远处阳光照耀下,美国国旗覆盖在了一块墓碑上,墓碑下堆满了鲜花,一个女人俯卧在鲜花前面的草坪上,双手紧抓着墓碑的边缘在颤抖。

同样的画面,同样的悲伤。每年来到这里,墓园的景象似乎就是一张永不褪色的相片,时间被凝固在了永恒中。

美由纪沿着大道低着头走过一排排低矮的墓碑,平底鞋无声地在石板路上交替着。走到一棵叫不出名字的参天大树下,她右转离开了大道,朝着铺满绿草的墓碑区域深处走去。

风从海的那一边吹来,潮湿的空气润湿了这一片开阔的墓区。美由纪用手指不断地撩拨调整着凌乱的发丝,脚底心传来和青草摩擦的"沙沙"声。

乌鸦的叫声从四面八方传来,离那块墓碑越近,她的步伐越缓慢。四周一个人都没有,连衣裙无规则地飘动着,轻抚过一块块坚硬的石碑。握着鲜花包装纸的手心已经沁出了汗水,美由纪终于停下了脚步,看着墓碑上的文字。

伊春树
1971.2.12—2011.4.5

爸爸……整整 15 年了……

加州清晨的太阳越爬越高，初春的寒意渐渐被驱散了。风渐渐变小，碎花裙子变得温顺起来，听话地围拢在了美由纪的小腿周围。她把康乃馨轻放在墓碑前。阳光从背后射来，耀眼的光斑从墓碑上反射出来，美由纪仿佛一点都没有察觉般地继续凝视着黑色的墓碑表面。

时不时在美由纪的梦里，父亲会出现。他站在林中小屋外面的草地上，肩上荷着农具，手搭在了马车上，水车在屋后面发出流水滴落的声音，天上的云在远山后出现。美由纪朝着父亲扑了过去，伊春树教授放下农具，两人抱在了一起，然后滚落到了满天繁星下的林间空地，一起数着天上的星星。

父亲被抓走的那天是圣诞夜，屋子外面刮着暴风雪，气温大概接近零下20摄氏度，屋子里面却非常暖和。美由纪刚上小学三年级，每天睡前她最喜欢的事情就是看父亲变各种各样的魔术。

"爸爸，变个魔术。"

美由纪在床上轻声轻语地说道。

"美由纪，今天是圣诞夜啊，你不喜欢圣诞礼物吗？"

"不要，我要爸爸变个魔术。"

伊春树教授的脸在床头灯的柔和光线下显得很慈爱。

"好吧，这次魔术可有点吓人哦。"

"我不怕。"

伊春树从背心口袋里拿出了一把弹簧刀，"唰"的一声把刀刃亮了出来。

"怕不怕?"

"不怕。"

美由纪嘴上这么说心里却有些担心。

"看好。"

他举起自己的左手,用刀刃狠狠地在虎口上划了一刀。

"爸爸,流血了。"

汩汩的血流从深深的刀口里涌出,伊春树咬紧牙关,脸变成了一副狰狞的样子,这个样子美由纪从来没有看到过,所以她急得哭了出来。

"爸爸!"

伊春树把弹簧刀扔在了地毯上,以迅雷不及掩耳之势从裤子口袋里面拿出了个喷雾器,然后朝着伤口上喷去。一瞬间,血就像结冰了一样被止住了,然后伤口结痂脱落下来,接着伤口一点点地开始复原,直到和原来一样。

美由纪惊讶得说不出话来,因为这是她看到过父亲表演的最不可思议的魔术。

"美由纪,有时候想要变个大魔术就必须对自己狠一点。"

美由纪似懂非懂地点了点头,随后传来了门铃声。

"伊春先生!"

用人洪亮的声音从楼下传来。

"都这么晚了。"

伊春树摸了摸美由纪的头,将弹簧刀和喷雾器物归原处,然后起身朝着门外走去。

美由纪掀开被子小心翼翼地下了床,趴在地毯上寻找刚才从父亲虎口上脱落下来的血痂。很快她就找到了,她用食指和拇指拿了起来,朝着床头灯照去。

"这是真的吗?"

她歪着头仔细瞧着的时候,她的父亲被抓走了。

审判很快就下来了,终身监禁。

美由纪不知道父亲犯了什么错,没有人和她讲,连原来和蔼可亲的用人也不说,后来还是自己在学校里面被孤立的时候才知道的。

"你爸爸用活人做实验。"

"对,还有克隆人。"

"简直是个魔鬼。"

又过了5年,父亲肝癌晚期的消息传来,这个时候她已经没有用人了,自己一个人自食其力,边打工边为自己上大学攒学费。在监狱的病房里见父亲最后一面的那天,伊春树虚弱的声音里已经没有了对于生的渴望,美由纪一动不动地凝视着一张憔悴消瘦的脸,颧骨的轮廓清晰可见,嘴唇干燥、双眼凹陷,曾经宽阔的肩膀被一具骨架所取代,本来应该更加凹陷的腹部反而有些隆起。

"美由纪要变个大魔术。"

父亲临死前最后的那句话在耳边萦绕。

云层渐渐遮盖住了太阳,反射着阳光的墓碑又恢复了原先漆黑的纹理。黑色的墓碑旁,康乃馨的花瓣在晨风中微微颤抖,海洋的气味伴随着泥土的湿气,头顶上是一丝不挂的纯净天空,一个充满希望的早晨。

美由纪一直在等待着那一天,为了这一天她等待了15年。绝望在15年前父亲死的那一天降临,希望在15年前父亲葬礼的那天滋生,因为有人对她说她的父亲没有死。

还有3天,还有3天复仇的日子就要到来了,现在要做的只有等待。

三

"从进化的角度说,生命的唯一意义就在于繁衍。其实繁衍说到底也只是手段,生命的终极意义就在于永生不死!从生命在地球上出现的那一刻起就开始了自己的求生之路,单细胞生物在不停地进行着无性繁殖,高级生物以有性生殖的方式繁衍着后代,它们都以自己的方式让自己的基因永远存留下去。"

台下鸦雀无声,祁龙停顿了一下。

"大家都乘过电梯,你之所以上升是因为电梯推动着你才上升。可是有没有这样一种解释?并不是电梯的推力推动着你向上,而是你为了适应环境的变化而主动往上移动。"

原本安静的会议大厅里出现了一些窃窃耳语。

"到底是恶劣的环境导致了恶性肿瘤还是人体的正常细胞为了适应环境的变化而变为肿瘤细胞呢?我想从另一个角度来看的话,肿瘤并不是一个被动发生的过程,而是人类主动为了适应环境,甚至为了长生不老的进化过程。"

会场终于有了些热闹，人们内心中的骚动慢慢转化为了声音。

祁龙不紧不慢地走到会场中央的桌子旁，把盖在一个长方体物体上的黑色罩子拿开，与此同时，无数的摄像机开始发出"嚓嚓嚓"的工作声响。

"这是一只裸鼠。"长方形的金属笼盒里面一只没有毛的暗红色老鼠在爬来爬去。"一般来说，它的平均寿命是5个月，极限寿命是一年。"

祁龙沉默了几秒。

"但这只裸鼠目前的寿命是4年8个月，而且会一直活下去。"

会场一下子热闹了起来。

"我首先将包含有癌基因的逆转录病毒质粒通过尾静脉注射入裸鼠体内，这样让裸鼠的所有细胞癌化。之后我再将反馈调控型纳米质粒注射入裸鼠体内，这样就能通过感知细胞生长周期里的一个关键节点酶Cyclin D1来精细调控细胞的生长，在接下来的ppt我会详细讲解具体的过程，我们可以看到……"

第十六届国际癌症大会的现场人山人海，全球的媒体都聚焦在了这个坐落在洛杉矶的国际会展中心，作为主角的泛美生物遗传技术公司创始人祁龙教授正在会场里滔滔不绝地做着讲演。

泛美生物遗传技术公司这几年惊人的表现并不能够让祁龙感到满足，虽然在基因治疗、个体化测序诊断以及第四代试管婴儿技术上一枝独秀，甚至前年独创的腺病毒疗法治愈了I型糖尿病。所有人都在惊叹于祁龙所取得的成就，这些成就在以往看来需要至少20年到30年的时间,可祁龙用了短短几年就实现了,当然知道个中真相的人这个世界上不超过20个。祁龙的聪明才智和他锋芒毕露的性格相得益彰,是各种媒体争相报道的宠儿,祁龙不喜欢成为那些昙花一现的科学家们中的一员,今天他要让历史记住自己的名字。

到了交流环节祁龙一一回答了台下学者的问题。

"下面还有最后一个提问。"

主持人刚说完,台下无数条手臂高高地举起。

"那就这位女士吧。"

主持人把话筒交给了第三排的某位女士。

"谢谢,你好,我是来自美国霍华德休斯癌症研究中心的海伦娜。请问祁龙教授,你怎么来证明这个裸鼠的寿命是4年8个月呢?我看不出这个裸鼠和两个月大小的裸鼠有什么区别。"

台下出现了一些零星的耳语。

"你的问题非常好,明天中午我会把实验的全部细节公布在网上,到时候大家可以用我的方法进行重复验证。"

说完祁龙拿起自己的手提包潇洒地走下了演讲台。

"我还有一个问……"

"好了,祁龙教授的汇报到此结束。"

大厅里面的闪光灯开始拼命地闪烁起来,祁龙的心脏不由自主地维持着快速地跳动,他需要5分钟时间冷静一下来应付接下来的记者招待会。

最后一个女科学家提出的问题是祁龙一直担心的，他没有办法直接证明这是多大年龄的裸鼠，别人想要验证这个结果，也必须花上超过一年的时间，而明年的诺奖委员会的评委就要换届了，这样又得重新花上好几年的时间打通关系，更何况即便打通关系都不一定能够让自己获奖。前年的那次汇报现场来的人比今天还多，会后的反应异常良好，可是有什么用呢？还是打动不了那些评委。每次希望越大的时候，失望也越大。他把失败的主要原因归结于创建了泛美生物遗传技术公司，他觉得那些评委忽视自己是因为企业家的身份。要是当年安安心心地当个大学教授搞科研的话说不定在七八十岁的时候能够颤颤巍巍地去拿个奖，不过风烛残年的时候才能功成名就对祁龙来说是没有任何意义的事情。

回到会场的休息室里，祁龙刚想找个座位休息下，发现有一个人背对着他坐在沙发上，他关上门，门外面吵吵嚷嚷的。

"祁龙，祝贺你。"

坐在沙发里的那个西装革履的高大男子转过身来，摸着左手戒指看着祁龙。

"参议员，你怎么提前来了？"

"祝贺你获得2026年诺贝尔奖。"

"格伦先生，今年应该轮不到我吧？"

祁龙表面平静，但心跳越发快速了，他努力控制着不让自己表现出来。

"我已经和今年的诺贝尔生理学奖委员会的人聊过了。"

祁龙告诉自己要冷静,因为参议员格伦拜托自己的事情八字还没一撇呢,现在他突然说出这样的话来,好是好,但总让人感觉不大放心。

"祁龙,我想该谈谈我妻子的事情了。"

格伦凝重的表情上面勾勒着岁月的沧桑,一道道沟壑般的皱纹平行排布在了脸颊两侧,稀疏的灰白头发在头顶上尽量覆盖住了光滑的头皮,第一次见到他的人都以为他快70岁了,其实今年才刚过50。

"参议员,我在'宇宙二号'里面模拟过了,虽然没有什么问题,但是想要直接应用到人身上恐怕还是有些风险。"

格伦从上衣口袋里拿出了一根口香糖,姿势很像夹着一根烟。不过自从他的妻子汉娜得了晚期肺癌去世之后他就没有再抽过一根烟。

"祁龙,你不用担心,我已经在人体上试过了。"

格伦的牙齿咀嚼着口香糖,坚毅的下颌骨在不停地扭动。

"试过了?"祁龙心里一惊,"用的是我刚才在大会上汇报的纳米质粒?"

"是的。"

"效果怎么样?"

"很好,十个肺癌病人全部治愈了。"

"处理了吗?"

"都撒在太平洋里了。"

祁龙脑子里想象着十个无家可归的流浪汉赤身裸体被一个个扔进焚尸炉的样子。

"汉娜现在在家里，一切都挺好的，就是有些消瘦。"

"什么？"祁龙被这一连串的事件搞蒙了，"你把她复活了？"

格伦点了点头。

"什么时候的事？"

祁龙拿着手提包一动不动。

"前天晚上。"

"从液氮里复苏出来的时候没什么意外吧？"

格伦紧盯着祁龙身前的某个点，脑子里在回想着自己妻子从零下200摄氏度里面复苏出来的情形。

有人边喊边敲门。

"祁龙教授，记者招待会马上就要开始了。"

格伦站了起来。

"祁龙，我不知道该怎么感谢你，等汉娜恢复了之后我想请你和你的妻子来我的庄园玩玩。"

"格伦先生，我也要谢谢你对我的帮助。"

参议员格伦点了点头，起身朝着休息室后门走去。

休息室里只剩下祁龙一个人了，他觉得刚才自己一定是在做梦，参议院格伦是在梦里面和自己说话。他捏紧了自己的拳头朝自己的额头打了一拳，疼痛感瞬间从脑门上传来。

这不是在做梦，这是真的。

门外又传来了敲门声。

"别敲了！"

他大吼一声，敲门声消失了。

祁龙发现自己还傻傻地提个包站着，于是一屁股坐在了沙发上，咧开嘴大笑起来。汩汩的多巴胺刺激着他的神经中枢，诺贝尔奖环绕着自己就像月球围着地球转动一般，他这辈子还从来没去过斯德哥尔摩，但很快就能去了。

"喂，瘸子，别睡了，快下车。"

铃木透夫感到自己的头被重重地打了一下，他睁开眼睛，外面漆黑一片。

"喂喂喂，精神点，就知道睡觉。"

司机一侧的车门打开后又被重重地关上，过了一会儿自己一侧的车门也被打开。

"快点下车！"

墨西哥司机满身烟味朝着铃木大吼，铃木昏昏沉沉地起身，他找了半天才找到掉落在座椅下的拐杖。铃木听到这个司机口里面在念叨着种族歧视性的话语，每次都是这样，每次来这个地方都是这样。

车子一溜烟朝前驶去，消失在了森林小道里，现在铃木一个人站在一片沥青路旁的空地上，一边是紧紧合毕的哥特式铁门，四下阒无人息。

他很累，已经为祁龙连续工作了 36 个小时，所以一上了车就开始睡觉，现在脑子里面还残留着刚才的梦。梦里面铃木苦苦哀求黑衣人，说自己没有干那种事情，可是黑衣人依旧不依不饶，把那段视频传送到了网上。紧接着祁龙从黑衣人身后出现了，他高大的身体仿佛一座大山，自己处于祁龙这座大山的阴影之下不能动弹，祁龙咧开嘴在狂笑，笑声回荡在耳间。

铃木透夫从一出生起就是一场灾难，然后便灾难不断。出生才两个月，不知是哪里生产的劣质脊髓灰质炎疫苗让他得了小儿麻痹症，造成右腿永久性损伤，父母随后把他扔到了日本人开的收养所里，然后就此消失了。在收养所里，他是最小的一个，似乎永远都是，一年年时光过去，他还是最矮的那个，所以他是永远被欺负的那个。他的眼睛有点斜视，同伴们就叫他"小斜眼"；他没法跑步，大家就叫他"瘸子"。几个绰号，没一个是善意的。

总之，铃木透夫 18 岁之前的日子过得相当艰难。

发现自己拥有别人没有的才能是铃木还在念小学的时候，在一节数学课上他用自己的方法证明了勾股定理，这让学校的老师大吃一惊，当然也免不了回到宿舍后被同伴们欺负一顿。数学老师发现了他的才能后开始好好培养他，帮他擦拭身体上面的伤痕，铃木第一次开始得到别人的温暖和关心。数学老师一辈子独身，所以将自己的爱倾注在了铃木身上，她亲自教授铃木各种科学知识，其中最让铃木感兴趣的就是脑科学和计算机科学。

生活总是让人捉摸不透，在自己被大学录取的那一天，数学老师出车祸死了。上帝为自己打开的窗关上了，他躲在了自己的世界里，久久不愿出来。大学毕业他在一家脑机交互公司工作，由于其出色的能力，他年纪轻轻就当上了首席技术官。他构想出了一种全新的大脑与计算机连接的技术，可以让大脑迅速吸收网络上的知识。在公司里面他成了一个举足轻重的人物，大家都仰仗着他，直到他的一次莫名其妙的行为断送了前程。一个13岁的小女孩死在了旧金山海湾里，而死亡的前三天有人看到这个小女孩去过他的家，公司为了自己的名誉和未来将他扫地出门，这下他算是断送了自己的前程。那个13岁的小女孩实在太像死去的数学老师了，当她因为迷路向自己求助的时候，铃木把她带到家里，给了她一些好吃的……过了好几年，杀害那个小女孩的家伙被抓了，是个流浪汉，体液DNA检测配对上了，这个时候的铃木已经在祁龙这里干活了。在祁龙这里，人的尊严已经不存在了。祁龙就像个奴隶主，随心所欲地发号施令，让铃木为他的科学大厦添砖加瓦。铃木本来已经认命了，他觉得命运女神从他一出生就抛弃了他。谁知道，有一天有人寄给了他一段视频，视频一开头就是自己坐在自家的客厅里正痴迷地看着那个小女孩，他看完整段视频后发现厄运女神开始眷顾自己了。

　　铃木透夫来到哥特式铁门前和门口穿着灰衣的日本男子交流了两句，铁门缓缓打开。铃木透夫闪进铁门，渐渐消失在黑暗雾霭里。

　　这座模仿文艺复兴时期佛罗伦萨式的建筑在黑夜中就像巴士

底狱一样被森林包围，双开大门两旁的挂灯照亮了门前的石子路，两个黑衣男子一动不动地等候铃木透夫的到来。铃木走近后黑衣男子递上了一个面具，铃木透夫默不作声地戴上面具后进入大门。

宫殿内空无一人，面具里面有个电子声音告诉他笔直往前走。昏暗的空间内可以听见皮鞋敲击地板的回声，前方似乎没有尽头。不知过了多久，面具里面有个声音示意铃木透夫停下脚步。

没有一丝声响，也看不见一点亮光，整个人被黑暗和沉默的粒子环绕、包裹、吸收、浸润，心脏的跳动声从体内传出，频率非常稳定，速率也异常平缓，吸入的气体和吐出的气体交织在一起。

等待了有45秒左右时间，视野的下方出现了环状的绿色荧光点，它们渐渐地闪灭又慢慢变亮。

突然，地板发出了"咔咔"声，随即变成"嗡嗡嗡"的低鸣，地面开始下沉，宫殿内原来稳定的空气开始浮动，地面下方涌上一股寒气，灰尘扬起在空间内。

"这个月的东西带来了吗？"

黑暗里面出现了一个冷冰冰的声音。

"带来了。"

"放在地上。"

铃木透夫从口袋里面掏出一个长方体的东西，轻轻放在了地上。

"最近祁龙有什么活动？"

"明天要去国防部。"

"商量那批'怪物'的事情？"

"是的。"

大约有15秒钟的沉默。

"我想问一个问题。"

铃木透夫的声音很沉稳。

"你是说你的那段视频？"

"不，我想问的不是这个。"

"你想问什么？"

"你们到底想要'宇宙二号'里的数据干什么？"

"如果你还想要回那段视频的话，你最好不要问那么多。"

声音没有任何语气上的变化，让人捉摸不定。这个声音到底是谁发出的呢？长什么样呢？是个中年男子还是个用了变声器的女人呢？如果有上帝视角，铃木肯定第一时间就想揭开这个谜底。

"继续保持监控，下个月老时间会有车子来接你。"

不会有下个月了，下个月就没有我这个人了，铃木心想着下个月那辆墨西哥浑蛋驾驶的车子停在自己家门口，然后那个浑蛋迟迟等不到自己出来的样子。他已经知道那个墨西哥人家里面有几口人，知道了那个墨西哥人最喜欢他的二女儿。除此之外，铃木还想搞清楚到底是谁寄给自己这段视频，如果能找到那个人，他一定要让那个人尝尝连续五年提心吊胆地过日子的滋味。

四

加州的第451号州内高速公路上,一辆黑色轿车飞驰着,车头的大灯照亮着前方昏暗的路面。车厢里面摇滚音乐的音量已经放到最大,祁龙平躺在座椅上,舒舒服服地用脚尖击打着音乐的节拍,行驶控制面板上显示轿车正处于自动驾驶状态。

《诺贝尔奖有力竞争者?商人祁龙的野心和困境》

祁龙正在阅读某著名杂志的最新一期社论,里面的作者极尽嘲讽之意地谈到了自己在追逐诺贝尔奖之路上的困难,甚至暗示自己这辈子和得奖无缘。文章的最后还发起了投票,认为自己得不到诺贝尔奖的竟然占了超过90%。

祁龙无奈地摇了摇头,也给自己得不到诺贝尔奖点了个赞。

州内高速公路上车流非常少,黑色轿车进入了岔道,从主干道分离了出去,在暮色苍茫的平原上仿佛一点飞速移动的光点。

黑色轿车沿着农场围栏边的车道向原野的尽头驶去，车身在瓦砾路上上下颠簸，渐渐地，一望无垠的田野变成了高大乔木构成的森林。车子在沥青双车道上飞驰，两边是高耸的白杨树，前方道路尽头有个铁门，在车子快要驶入时自动打开，迎接着它的进入。

祁龙的家在森林区域，离主干道隔着很远一段距离。他把方圆几平方千米的地都买了下来，几乎没人知道他住在这里。车头灯已经照到了不远处的两层连体豪华别墅，处于自动驾驶状态的电动车仿佛能感知他的心思加快了车速，很快车就停在了别墅门前的空地上。

祁龙已经记不得上一次回家的日子了，一个月前？两个月前？还是半年前？对于祁龙来说记不记得这些不重要。在祁龙关上后排车门把蛋糕和玫瑰花拿出来的时候，美由纪已经在门口了。

一只有着鸭子蹼的小猫坐在门口的台阶上，斜着头看着祁龙，它的胸口刻着泛美生物遗传技术公司的徽章，这种转基因嵌合型宠物在祁龙家里还有三个。

美由纪恭恭敬敬地走过来，用手接过了丈夫手里的鲜花和蛋糕，可是还没拿稳，祁龙已经一把抱起了她。

"老公，小心，蛋糕要……掉……"

祁龙把美由纪当成旋转木马一样，他才不管这蛋糕会不会甩烂。

"走，我饿了。"

美由纪终于被祁龙放在了地上。

"老公,你今天怎么这么高兴?"

祁龙甩下美由纪一个人径直朝大门走去。

"我要拿诺贝尔奖了。"

美由纪一手拿着蛋糕盒的绳子一手拿着鲜花,目视着祁龙高大的背影朝着大门走去。

古典式的长餐桌正对着大门,白色的桌布覆盖在了桌面上,桌面上点燃蜡烛的银质蜡烛台排成一条整齐直线。摆着丰盛的冷菜和紧闭的餐炉,餐桌四周椅子的椅背高度完全超过一般人的坐高。皇家枝形吊灯尽显雍容华贵,不过发出的光只能勉强照清楚整个房间。四周的装饰以黑色为主,左边壁炉里传来了木柴烧断的"噼啪"声,像极了某个东欧伯爵城堡里的场景。

美由纪拿起餐桌上的威士忌,把祁龙面前的大酒杯里斟满,然后揭开了面前的一个半圆体餐炉。嗞嗞作响的油煎鳕鱼排散发着肉香,放在旁边的是水果沙拉、生菜和奶昔,除此之外可颂面包和装在广口玻璃瓶里的鲜牛奶放置在了正中间。

"是不是因为你今天下午汇报的那只什么长生不老的老鼠。"美由纪边斟酒边问。

"你怎么知道?"祁龙扬起下巴把方巾塞进自己的领口,接着拿起刀叉切了一块鱼排。

美由纪斟完酒后回到了自己的座位上。

"我看到新闻里都是有关那只老鼠的消息。"

祁龙咀嚼着鱼排点了点头。

"老公,你是怎么做到的?"

美由纪脱口而出后显得有些窘迫,因为在家里不询问有关工作上的事情是祁龙很早就定下的规矩,在祁龙心里,女人就应该老老实实地伺候着自己的丈夫而不过问丈夫的事业,可是今天美由纪打破了惯例。

"你听说过格列卫吗?"

祁龙用叉子叉起一块鱼排,指着美由纪问道。

"听过,很久以前我看的一部中国的电影就好像讲了这个药。"

"一种治疗慢性淋巴细胞白血病的药,你知道从发现这个病到研制出这种药花了多久吗?"

美由纪摇了摇头。

"40年。"

"40年?"美由纪惊呼道。

"从发现一个疾病到知道疾病发生的原因,再到研制针对性的药物,动物实验,临床实验,最后被药监局批准,一个科学家辛辛苦苦工作了40年才最终成功,更别提成千上万的失败者了。"

"可这和得诺贝尔奖有什么关系?"

祁龙拿起酒杯喝了一大口。

"人的生命是有限的,我想出了一个办法,解决这个问题。"

"什么办法?"

"计算机模拟世界。"

"那是一个什么东西?"

"用计算机来模拟实验。"

祁龙从面前的雪茄盒里抽出一根古巴雪茄和雪茄剪,他用黄铜雪茄剪将雪茄顶端截成一个小切面,利用蜡烛的火焰均匀地将雪茄头点燃,一缕青烟悠悠地升起。

"是不是就像用计算机预测天气的那种实验?我读大学的时候还学过。"

祁龙用食指和中指捏着雪茄摇了摇。

"那种东西都是小儿科,我说的是完全模拟现实世界的虚拟世界。"

"虚拟现实?"

"不是小孩子玩的虚拟现实游戏,是百分百还原现实世界的另一个世界。"

"能再说清楚一点吗?"

祁龙已经完全忘记自己给妻子定下的规矩了,他深吸一口雪茄,开始滔滔不绝地说了起来。

"天气预报那种计算机模拟系统就是个不靠谱的模型,去年不是一直说比卡特琳娜还要强的飓风要登陆得州吗?最后怎么样?连一棵树都没吹倒,所以那些都是不靠谱的实验工具。同样地,用传统计算机模拟出来的抗癌药物很多都没法用在人体上。为什么?因为这些计算机模拟系统都没办法百分之百还原现实世界。所以想要彻底解决这个问题,就得想出一个绝妙的方法。"

"什么方法?"

祁龙又喝了一口酒,酒杯里的酒还剩下四分之一。

"你知道这个世界上有多少台计算机?"

美由纪摇了摇头。

"12000亿台。"

"这么多?"

"这还算是保守估计。这么多台计算机,有多少闲置使用的CPU和内存恐怕你无法想象,我用生动点的话来形容,这些闲置的计算机可以储存十倍人类已知的所有有关地球的信息,是不是很厉害?"

美由纪点着头。

"我把这些闲置的计算机全部利用了起来,再将人类已知的全部知识上传了上去,建立了一个和现实世界一模一样的世界。在那个世界里,所有的物理、化学、生物的法则都和我们这个世界一模一样,没有任何区别。"

"所以,你可以在里面模拟实验?"

祁龙晃动着威士忌酒杯。

"可以模拟我想要的任何实验,而且实验结果和现实世界里的结果几乎没有差错。"

"没有差错?"

"是的,当然这样子还不够完美,每次实验我都得面对着电脑屏幕敲击着指令,这样非常不方便,所以我又想到了另一个方法,将自己的大脑和计算机连在了一起。"

美由纪朝着祁龙的酒杯里又斟满了酒。

"噢，是不是铃木先生的那个仪器？"

"什么铃木先生？"

"铃木透夫先生啊，有次在这里吃饭时他说的。"

"什么时候？"

"咦？你忘了吗？有一年飞机出故障了迫降，你和铃木先生一起在这里吃的饭。"

祁龙已经想不起来是哪一年了，印象里铃木不该出现在自己的家里。

"怎么这些陈年老芝麻的事情你都记得这么牢。"祁龙不屑地瞟了美由纪一眼，"接着刚才的说，只要把大脑和那个机器连在一起，你就能根据自己的想法随心所欲地在那个世界里行动，比如我可以随意加快那个世界运行的速度，这样过去别人用40年才找到解决的办法，我仅仅需要半年就够了。腺病毒载体治疗 I 型糖尿病就是第一个成功的案例，接着是四代试管婴儿技术，之后还有很多很多，都是用这个办法完成的，今天我汇报的内容也是用这个办法。"

美由纪若有所思地点了点头。

"那些老鼠真的能够长生不老吗？"

"当然，不过得先让老鼠身上的细胞全部变为癌细胞。"

"如果用到人身上的话，那么我们就能永生不死了？"

"已经应用到人体上了。"

祁龙说完有些后悔，但是酒精的麻痹和成功的喜悦让自己建筑起来的防备之心慢慢瓦解了。

"今天新闻上可没说啊？"

"参议员格伦的老婆就被治好了。"

"他老婆不是几年前就去世了吗？"

"我把他老婆复活了。"

祁龙挑着眉毛笑着说，五根手指托着八角形的玻璃酒杯。

"复活一个大活人？你是怎么做到的？"

"美由纪，你今天问的问题可有点多哦！"

美由纪低下头，第三次斟满酒杯。

"5年前，格伦拜托我把他肺癌晚期快要死的老婆冰冻在了零下200摄氏度的液氮里。上个星期他把他老婆从液氮里面复苏了出来，然后把我发明的那个质粒打到了他老婆的静脉里，现在他老婆的肺脏就是个永远死不了的器官了……"

祁龙的威士忌酒杯已经空了第四次了，脸上也泛起了红晕。美由纪的脸在烛光的照耀下与最近同自己睡觉的那些女人显得有些与众不同，而上一次和妻子做爱已经是半年前的事了。他等美由纪再一次为自己斟酒的时候把自己的手凑了上去，然后一把把妻子拉到了身边，一股女人特有的体香扑面而来，这种香味和刻意调制的人工香水味截然不同，他把手伸进美由纪的上衣里面。

烛光依然在闪烁，满满的威士忌酒杯里倒映着燃烧的蜡烛。

五

走进门后,先是一段平路,然后是几级向下的阶梯,接着又是一段平路,路尽头是一扇紧闭的电梯门。四周全是由水泥墙壁构成的,没有窗户,地面靠着头顶上的灯来照明。

"今天怎么就你一个人来?另外那个人呢?"

国防部的专员亨德森走在祁龙身旁。

"你是说铃木透夫?那家伙昨天不知怎么搞的发烧了。"

两人刚走近电梯,电梯门就自动打开了,祁龙和亨德森没有犹豫,径直走进电梯。电梯内部和一般的商用电梯没有什么太大区别,只是没有任何按钮,一阵轻微的抖动后电梯启动,可以感觉到电梯在下行。

"你昨天在大会上汇报的是真的吗?"

亨德森侧着头问道。

"只是在老鼠上做成功了。"

祁龙捏了捏下巴。

"真不可思议,祁龙,如果能用在人身上那么我们就不会死了。"

"还得等个十几年呢。"

祁龙闭着眼睛说道。

"看来国防部找你是找对人了。"

亨德森有点钦佩地朝祁龙看了一眼。

很快电梯再一次打开,眼前的景象发生了变化,这里是类似医院病房的排列,中间是一段相对宽阔的走廊,两边是等间距相隔的门,四周的一切都被涂成了白色,两人走到其中一扇门跟前,然后打开。

房间里非常简洁,一张沙发和一个茶几,一面墙的四分之三完全由玻璃构成,透过玻璃可以看见里面的实验仪器。

"亨德森,我可把丑话放在前头。"

祁龙背对着玻璃墙,面对着亨德森碧蓝的眼睛和快要谢顶的头。

"我只做到细胞和组织这一块。"

"我明白。"

亨德森口气里听不出任何感情。

"我可不想将来有一天背负着制造生物武器的骂名,尤其是那种飞来飞去的'怪物'。"

"你放心,今天是最后一次,国防部不会太难为你。"

"好,最后一次,等会儿你把细胞全带走。"

"还有那台脑机交互仪。"

"你们可真是够贪心的。"

祁龙转过身，玻璃幕墙形成的门自动打开。

这是个普通实验室的简洁版布局，有生物安全柜、高速离心机、细胞培养箱，唯一不同的是房间正中放置着的一个比较新颖的实验装置。这个实验装置有点类似博物馆里的展示柜。长方体的实体基座上是个正方体玻璃柜，玻璃柜里有个和玻璃相连的内嵌橡胶手套。

两个人围在了玻璃柜前，看着玻璃柜正中旋转开一个裂缝，像自动麻将机整理好麻将牌一般从裂缝里升起一个圆形玻璃皿。一个白色光滑的卵圆形物体缓慢地在玻璃板上蠕动，仔细观察可以看到表面粉红色的轻微斑点。

亨德森将手伸进连接着玻璃柜的橡胶手套，轻轻捏了捏这个奇异的物体，质地和看上去柔软的样子不同，很有韧性。他拿起了玻璃柜里原先放置其中的手术刀片，固定好物体后用极其锋利的刀片从中间切开。

一瞬间，卵圆形物体被一分为二，切割面涌出了粉红色的清亮液体。接着，发生了一件匪夷所思的事情，随着粉红色液体迅速凝固，切缘开始慢慢朝外"生长"，好像有个隐形的拼装机器在为受损伤的部件修复，很快切缘又"长"成了白色光滑暗透粉红的外表面，现在变成了两个卵圆形物体在蠕动。

亨德森露出了满意的微笑。

"我真搞不懂，你们要这些东西到底想干什么？"

"简单说就是由于无人战争机器人的一些局限性，国防部需要一种可以在海陆空三个区域生存的生物体，拥有极强的生命力，能够在极端条件下执行任务。"亨德森用欣赏的眼光注视着这两个蠕动着的物体。

"所以就找上我了？"

"这件事情非常机密，一切都在初始阶段，我们想借你的力量看看有没有发展的潜力。"

"这种事情以后别再来找我，万一被别人发现了我就是个挡箭牌。"

"龙，国家为你的这个'宇宙二号'系统花了多少钱？你可不能这么自私。"

亨德森的话说得没错，为了窃取全球1.2万亿台计算机的空余运算空间来满足祁龙自己的科学实验所花费的人力物力祁龙自己心知肚明。

"老兄，我不是说我不爱自己的国家，只是你也得体谅我的苦衷。"

"国防部知道你爱惜自己的羽毛，这段时间不会再难为你了。"亨德森信誓旦旦地说道，"那么接下来该上大餐了。"

祁龙无可奈何地摇了摇头，在送走这个瘟神之前还得再做一件事。

"我一直害怕万一我们出不来了怎么办？"

亨德森捧着自己手中无数根数据线连接的硕大头套说道。

"只要喊一声暗号就行。"

"我还是有点提心吊胆,如果那个瘸腿的日本人在旁边的话,我肯定能放心不少。"

祁龙和亨德森互相帮忙把背后的拉链拉上,然后像宇航员一样将头套戴上,"浴缸"里面蓝色液体快要没及膝盖。他俩各自躺下,将身体浸没在蓝色的液体里,视野里面一切变为蓝色。

"准备好了没?"

"OK。"

"那我们开始吧,'宇宙二号'开始启动。"

无数的电流从头套里面传输到了头皮,然后以每秒30万千米的速度瞬间占领了从大脑皮质一直到脑干的部分,旋即遍布脊髓、内脏神经,还有体表神经。

祁龙感觉自己有种醍醐灌顶的感觉,亨德森也有同样的感觉,他俩在千分之一秒的时间里离开了现实世界,进入了"宇宙二号"里。

……

……

"时间,2026年×月××日19:37,室内温度21摄氏度、湿度43%,室外温度28摄氏度、湿度67%……"

一个女人低沉的说话声。

她的咬字非常准确,语气没有任何起伏,好像一台精密仪器在运作。

一个无比巨大的室内实验场地,拱形的天花板如同圣彼得教堂一般宏伟,不同的是这里由钢筋结构架构,透明的高分子有机玻璃填充于钢筋之间,笼罩住整个天穹。地面是由水泥构成。一块块正方形水泥板块覆盖住地面,板块之间留有细小的缝隙,网格状地分割成一个个矩形单位。地面上没有任何物体占据着空间。一眼望去,平整的水泥地面一直延伸到了拱形结构和地面连接的地方。

祁龙和亨德森并排站在这个实验场地的一个角落。

"每次进来我总是怀疑。"

亨德森注视着宏大的实验场地。

"你怀疑什么?"

"这里也太真实了。"

亨德森取出自己的手,看着纹理交错的掌纹。

"是不是想待在这里面不再出来?"

祁龙笑着问,因为每一个进入"宇宙二号"里的人都会这么说。

亨德森打了几下响指,清脆的声音和在现实世界里如出一辙。

"亨德森,那我们直接就开始吧。"

祁龙叉起双手说道。

亨德森点着头,同时也叉起了双手。

"皮肤抗射击测试实验准备开始。"

女人的声音重新出现,毫无任何感情。

"开始加载人工皮肤。"

几块并排排列的矩形水泥地板开始缓慢地进行90度翻转,原本作为地面的那面水泥以与其他水泥板块相邻的缝隙作轴向上翻转,垂直后形成了一面巨大的墙壁,墙壁的一侧是原本的水泥地面,而从地下翻转而出的那一面在时不时地蠕动。蠕动的那一面是略微发白的粉红色,上面零散着红色的小颗粒。粉红色表面之下显露着一条条犬牙交错的暗绿色纹理,这些暗绿色的管道微微隆起,非常类似充满静脉血的人体皮肤。

"倒计时20秒,开始加载机枪装置。"

"慢着!"

亨德森举起了手。

"怎么了?"

"祁龙,我不要看什么皮肤抗射击实验,你直接把怪物放出来,我要看看怪物的实战水平。"

祁龙乐得亨德森说这句话,反正这次试验是越快结束越好。

"启动活体实验。"

空间里浮现出了一个巨大的椭圆形蛋壳,蛋壳里沉睡着一个怪物,浑身上下披着纯白色鳞甲样的外壳,蜷缩着身子,两个巨大的翅膀折叠在了身体两侧,背脊上面还有几对略小一点的翅膀耷拉着,这个巨大的生物体沉睡着,全身缓缓地上下起伏,眼睛闭了起来。

"启动激活程序。"

这个怪物的眼睛突然睁开,蛋壳出现了裂缝,随即从内部震碎。展开巨型翅膀的怪物犹如古代的翼龙,翅膀扇动了起来,它开始在空中做着盘旋运动。这只怪物的背上还有四个副翼,体积略小于两个主翼。这四个副翼的形状简直就是蜻蜓翅膀的超级放大版,震动的声音好似小型直升机。

"启动对抗模式。"

亨德森朝着测试场地的中央走去,他想近距离看看对抗效果。祁龙随手变了一个沙发出来,让自己舒舒服服地躺在沙发里。

"倒计时20秒,开始加载机枪装置。"

原来垂直而立的墙体缓缓地旋转,一直翻转到地面以下,紧接着是一阵拆卸物体的机械声,随后地面上伸出了一个小型正方形堡垒,堡垒的一端伸出了一排等间距排列的18管捆绑式机枪。机枪的枪管按照六边形形状平行排列,管身漆得乌黑发亮,寒光闪闪。

怪物一发现这个情况,立刻开始做圆周运动。

"倒计时10秒,开始装载B213型达姆子弹。"

盒子里面,整齐的"咔嚓"装弹声干净利落。黑色的枪头无言地追踪着飞行的怪物,沉默的粒子笼罩在枪头周围,枪口深处里面聚集了一群看不见的野兽。

"5秒!"

捆绑式枪管开始顺时针旋转。

"4秒!"

旋转速度逐渐加快。

"3秒！"

堡垒像个旋转的陀螺紧跟着白色的怪物。

"2秒！"

枪管旋转的速度太快了，以至于人的肉眼看上去是一排圆柱体。

"1秒！"

堡垒突然喷出火舌，测试场地里枪炮声大作。堡垒是美军最新研制的相阵控密集阵自动火炮，能够迅速发现目标并进行拦截。

怪物开始做着规避动作，它的运动非常迅捷，密集的子弹一直追着它的尾翼，但是总是打不中。

"进入全负荷状态。"

堡垒的火力密集程度明显上升了一大截，人眼已经无法追踪到炮管的转动速度。几发炮弹打中了怪物的一个主翼，它发出了惨叫。一个主翼的翅膀缺了大半块，边缘渗出了红色的液体，和人血的颜色一样，翼膜上面布满了洞眼，洞眼的周围是一轮黑圈。地面上，红色的鲜血溅射一片。怪物的规避速度并没下降，反而移动得更加迅速，而且那个缺损的翅膀竟然在一点点地复原。

首先是血液凝固住不再往外渗出，随后缺损的边缘开始向外生长。首先搭建出了骨架，然后肌肉附着在了骨架上，红色的血管和白色的神经丛沿着肌肉的脉络交织着生长，最后真皮层和白色的皮肤覆盖在上面。

一只崭新的翅膀就这样合成好了。

怪物找准了一个时机,飞到了堡垒的正上方,这样枪炮很难击中自己,然后它一个俯冲而下,用自己的利爪迅速掰折了堡垒上的炮管,堡垒一下子没了方向,开始迅速地打转。趁着堡垒失控的机会,怪物一把把堡垒上层覆盖的金属壳掀开,用牙齿在堡垒内部疯狂撕扯了一顿,几秒后,堡垒变成了一堆废铁。

亨德森走近已经七零八落的堡垒,环视着散落在地面上的遗骸,然后抬头看了看那只怪物。它站在堡垒上面,翅膀完全张开,几乎有6个车身那样宽,两对副翼绷直了插在主翼的上方。它就这样站着,身体慢慢开始上下起伏,就像人在做深呼吸。破损的皮肤在进行着最后的修复,然后它一跃而起,飞向穹顶。

"还满意吗?"

祁龙远远地躺在沙发上,跷着二郎腿说道。

"初步看下来还不错。"

"为了搞这个飞来飞去的家伙费了我不少心思,我本来想弄个隐身涂料让它看不见的,后来想想似乎用不着。"

"隐身模式是个不错的主意。"

亨德森抬头看着盘旋在头顶上的巨型生物。

"好了,亨德森。"祁龙从沙发上站起来,飞到了亨德森身旁,"这个项目的所有资料和信息我都装在了量子硬盘里,等会儿出去后给你,细胞你也带上。"

"还有脑机交互仪。"

"你放心,都给你。"祁龙无奈地说道,"不过你走了之后我会把有关这个项目的所有信息在我这里的数据全部删除掉。"

"祁龙,就算别人知道了又怎么样?"

"科学家的双手是不能沾染一丁点儿血的。"

"爱因斯坦当初不也是支持核武器吗?"

祁龙不耐烦地撇了撇嘴。

"实话实说,老兄,最近五年别再找我了,等我拿了诺贝尔奖以后我再和你聊这个问题。"

"这个奖对你这么重要?"

"就像你的女儿对你一样重要。"

亨德森若有所思地点了点头。

"那么今天的事情就这样,我代表国防部向你表示感谢。"

亨德森伸出手来握了握祁龙。

"在这里握手还不够正式,得出去握手才算数。"

两个人同时放声大笑。

"对了,龙,我想问个私人问题。"

"你尽管问。"

"在这里干那种事和现实里面一样吗?"

祁龙听完会心一笑。

"那当然,完全一模一样。"

"真的一模一样?"

"我不骗你,要不你现在试试?"

一个苗条的比基尼少女出现在两个人身边。

"我想还是改天吧。"

亨德森有点不好意思起来。

"随时随地。"

祁龙让这个比基尼少女消失，心里面一个烫手的山芋也消失了。他是一个科学家，为人类医学事业做出贡献的科学家，一个在世界各国民众心中的"救世主"，不是一个国防部生物武器的承包商，一个手上沾着鲜血的武器商人。等到亨德森带上那些数据、细胞和组织一走，自己就能甩掉这个恼人的包袱了，国防部的人爱怎么干就怎么干，他们想造多少"怪物"，就造多少"怪物"，只要别和自己牵扯就行。离今年的诺贝尔奖颁奖典礼还有半年多的时间，他得小心翼翼一点，不能让煮熟的鸭子飞走。

"时间不早了，该出去了。"亨德森说道，"每次到这个时候我就有些担心。"

"担心自己出不去？"

"是的，万一困在这里面那可怎么办？"

"要不这次我先出去？"

"那我就放心了。"

祁龙觉得亨德森的内心和看起来非常壮实的外表非常不匹配。

"好吧，这次我先来。"

祁龙抬起头。

"芝麻开门。"

一瞬间，世界变得漆黑一片。

眼前无数的灰色颗粒朝着自己飞来，颗粒打在自己的身体上，传来了阵阵沙砾感。前面传来了一道光，光呈现着十字形光芒，然后变成了米字形，光芒越来越耀眼，祁龙感到自己被光吸收了进去。

"亨德森，听得见我吗？"

眼前漆黑一片，虽然能感觉到自己现在正漂浮在了液体里面，但没有进入"宇宙二号"之前的蓝色视野。

"亨德森？"

没有回应。

"亨德森！！"

祁龙感觉背脊上传来了一股莫名的寒意。

六

　　这里是南太平洋上的一个海岛。

　　现在正好是烈日当空，气温接近40摄氏度，漫长的海岸线被白色的细沙填满，棕榈树遍布海岛，云在远处飘浮，海岛看上去似乎空无一人。在海岛正中的一片峡谷地区有一个落差相当大的瀑布，瀑布的下游形成了一片不小的湖泊，一架直升机正悬停在湖心上方。湖泊中央的水面下缓缓升起了一个巨大的白色停机坪，水面荡起一层又一层的涟漪。等到飞机平稳地停在白色停机坪上后，美由纪从舱门内缓步而出。

　　飞机等到客人安全到达后随即起飞，随着飞机引擎声渐渐变小，瀑布的水花声也渐渐地变得清晰。停机坪的边缘传来了皮鞋敲击金属的声音，从美由纪的方向看去，一个高个中年男子从停机坪边缘一侧的楼梯出现，远远望去，好像从水面走出一般。美由纪和中年男子寒暄了几句，然后往停机坪边缘一侧的楼梯走去。

　　走下楼梯后，眼前是湿漉漉的甲板，甲板中央有一部打开着的巨型电梯，由两层玻璃门拱卫。穿过这两扇指纹和虹膜身份识别的玻璃门，两人走进了电梯。电梯里设计得非常开阔，简直能塞进几只大象。头顶上的天花板遥不可及，四周的墙体呈现着镀上铬之后的金属色。

随着一声短促的蜂鸣声，电梯无声地降落，驶向地下空间。

"磁共振动态三维影像图启动。"

这间拥有中庭的环形实验室的空间非常宽敞，实验室正中是一个宽阔的区域，十几个穿着实验服的人正在操控着一个巨大的机器，实验室的一面墙壁投影出了全息图像。

全息图像展示的是人的胸腔三维图，两片肺当中包裹着心脏，肺和心脏都呈现透明状，可以看到里面的血液在以极其缓慢的速度流动。胸腔图边上显示了心脏跳动的次数为 1 次/分，温度显示为零下 200 摄氏度。

在实验室二层的透明观览环形平台上，美由纪紧锁眉头俯视着实验室正中的长方形透明柜，身旁几个穿着西装的男人一言不发地站在她的身后。

长方形透明柜里面一片雾气腾腾，好像云蒸雾绕的世外仙境，唯有白茫茫的一片。

"一切准备就绪。"

实验室里响起了一个低沉的男音。

"复苏开始！"

实验室里面开始忙碌了起来，白色的实验服开始来回穿梭。

"液氮置换启动。"

"快速升温装置启动。"

机器发出的"嗡嗡"声开始充斥在了空间里,美由纪的心脏开始"怦怦怦"地跳动。

"水温调节至恒温 37 摄氏度。"

原本显示的零下 200 摄氏度以飞快的速度上升,10 秒钟之内到达了 0 摄氏度,几秒钟之后到达 37 摄氏度,并一直维持。

长方形透明柜里面发出了"嘶嘶"声,心率开始上来了,现在是每分钟 29 次心跳。

"目前生命体征良好,体温 37.1 度,心率每分钟 29 次,呼吸每分钟 12 次,心电图显示正常,血氧饱和度 99%。"

"抗凝剂置换启动。"

美由纪并没有舒展开来自己的紧锁的眉头,反而眉头更加紧锁了起来。

"开始混合'肿瘤永生化'质粒。"

透明柜里原本弥漫的雾气消散了,出现了一个平躺着闭着眼睛的东方男子,该男子身材极瘦,头发稀疏,脸部的一半被白色面罩遮住,双手无力地平放在了身体两侧。

"'肿瘤永生化'颗粒混合完毕。"

"准备就绪,请求指示。"

"注射!"

胸腔三维图变成了全身三维血管图,原本红色的血液霎时间从手臂开始被绿色代替,绿色的血流进入了静脉后急速地回流到了下腔静脉,然后到了右心房,很快肺被绿色的血管枝杈所填满,然后经过心脏进出后全身的血管都呈现了绿色。

"生命体征目前一切正常。"

美由纪的手心里面早已经渗出了汗,她焦急地等待着。

父亲20年前毫无预兆地被抓走,让他呕心沥血打造的科技帝国群龙无首,建造在新墨西哥州和怀俄明州的实验室和工厂被FBI查抄,很多技术骨干被隔离调查,伊氏生物技术公司在一夜之间风雨飘摇,直到父亲忠心耿耿的手下在联邦政府调动的海军陆战队的强攻之下灰飞烟灭。

伊氏生物技术公司的总部,也就是位于加州西部的伊春山庄19年前发生了一起几乎无人知晓的攻防战。山庄占地30万平方米,内部戒备森严,拥有各种重型火炮和暗堡,就是为了最后一战做准备。一场大战在午夜打响,起初海军陆战队的进攻软绵无力,主要原因是国防部不希望破坏伊春山庄,因为里面有国防部需要的重要实验仪器、生物制剂和数据资料,但是父亲手下疯狂的反击激怒了美军的士兵,尤其是将领,他们呼叫了地对地导弹的支援和空中支援,伊春山庄在半小时内变成了一片火海,只有零星一小部分成员抢救出了最最核心的资料,并偷偷逃了出去,逃到了父亲为了以防万一在南太平洋某个小岛下面建造的地下实验室。

长方形的透明柜子打开了,里面原本躺着的一动不动的人体轻微动了动,眼睛慢慢地睁开,然后嘴里面发出微弱的声响或者说是语句,美由纪一把推开平台的栏杆,飞快地奔向通往实验室的楼梯。

"爸爸!爸爸!"

父亲的模样和之前一样,瘦骨嶙峋,两眼凹陷,颧骨凸出,他茫然的眼睛在看到美由纪之后一下子放出了光彩。

"美由纪!"

美由纪冲向了在透明柜子里面刚刚苏醒的父亲,几个穿着实验服的人赶紧挡住了美由纪。

"美由纪小姐,你的父亲现在还处于…"

"你们让开。"

美由纪用力挣脱阻拦,在柜子面前跪了下来,双手把住柜子的边缘。

"爸爸,你怎么样?冷吗?"

伊春树的身体只由一层薄薄的内衣遮盖。

"里面很暖和。"伊春树露出了微笑,"美由纪,让我好好看看你,你长大了,你长大了,更漂亮了。"

伊春树从温水里举起自己的手,抚摸着美由纪的脸庞。

"美由纪,你现在多大了?"

美由纪摸着父亲骨瘦如柴的手。

"爸爸,你已经睡了 15 年了。"

伊春树的脸变得异常平静,很多穿着实验服的人围了过来,还有几个穿着西装的男子。

"一切都还好吗?"

"都在你的计划之中,老板。"

伊春树满意的眼神里忽然了露出凶光。

"他叫什么名字?"

"祁龙。"

一个昏暗的房间里面,伊春树躺在一个特殊的透明玻璃罩里,正和美由纪对话。

"是个怎么样的人?"

"沽名钓誉,狂妄自大,一个无趣的人。"

"这个评价可不怎么样,"伊春树笑了笑,"你们怎么认识的?"

"是你的手下让我在大学的一次舞会上认识的他。"

伊春树在恒温恒湿无菌的玻璃罩内状态良好,现在他体内的90%癌细胞全部处于可控的休息状态,另外的10%的癌细胞正在快速分裂帮助其修复机体。

"你们有孩子吗?"

美由纪摇了摇头。

"我不想让自己有牵绊。"

"这样很好。"伊春树点了点头,"他没什么警觉?"

美由纪摇了摇头。

"他这个人就想着出名,除此之外挺单纯,这也是我最终选择他的原因。我和他在我还在上大学的时候就秘密结了婚,而且他知道我是你的女儿。"

"山庄的事情他不知道吧?"

"他不知道,不过他对你的那些科学计划很感兴趣。"

"我的手稿都给他看过了?"

"是的,还是他主动提出来我才给他看的,刚刚注射到你体内的'永生化'质粒就是根据你的手稿研制出的。"

伊春树点了点头。

"看来这人没你说的这么不济,还算是有点水平。"

美由纪表情变得很不屑。

"爸爸,他就是个窃取别人成果的小偷,你的'宇宙二号'计划他原封不动地直接套用,后来他在'宇宙二号'里发明的生物技术完全是根据你的手稿研制出来的,如果不是靠你的帮助他这辈子也就是个普普通通的科学家。"

"这么说来我的那些预想都实现了。"伊春树仰视着上方,"15年过去了,一切仿佛就在昨天。"

美由纪看着父亲的同时扫了眼心电监护仪,上面的指标一切正常。

"美由纪,你知道我15年前为什么最终会得肝癌而死吗?"

"为什么?"

"因为那些浑蛋在监狱的伙食里面掺了二甲基亚硝胺,一种低剂量诱导肝癌的小分子化合物。"伊春树轻蔑地笑着,"和我说说那些怪物的事情吧。"

"一号工厂，检查完毕。"

"二号工厂，检查完毕"

"三号工厂，检查完毕"

……

地下控制室内，十几个人盯着眼前的电脑，大屏幕上面显示着各个区域的情况，绿色的灯不停地亮起，表明了目前一切情况良好，一切蓄势待发。

"开始编队。"

"一号发射台编队开始。"

"二号发射台编队开始。"

……

"开始列队组装 EMP 弹。"

"下丘脑控制器调试中……"

"调试完毕。"

"组装完毕。"

"准备完毕。"

大屏幕变成了东半球地图，夏威夷岛和美国本土都标成了红色。

"第一编队目标夏威夷，第二编队目标洛杉矶，第三编队目标纽约，第四编队目标冲绳及横须贺基地，第五编队韩国龙山基地，第六编队新加坡樟宜基地……"

"第一编队倒计时 30 秒。"

"其他编队待定准备。"

"27 秒，26 秒……"

红色的倒计时闪烁着。

美由纪推着轮椅车，伊春树的身体状况相比昨天有了很大的恢复，经过改装的癌细胞不断地生成着新鲜白蛋白，只用了一天的时间，伊春树已经变得红光满面。他的皮肤细胞昨晚转染了带有叶绿素基因和氮合成器的逆转录病毒，现在他可以利用空气中的二氧化碳和氮气来合成机体需要的碳水化合物以及氨基酸。

"美由纪，我知道国防部的机密项目难以潜入，你是怎么从国防部里窃取到这些'怪物'参数的？"

"祁龙有个助手，挺忠心耿耿的，他和祁龙两个人共同参与了'宇宙二号'项目。不过他有一件不可告人的秘密，我知道了后让他每隔一段时间把数据弄出来。"

"什么不可告人的秘密？"

美由纪吞吞吐吐地说道。

"爸爸，以后再和你说。"

伊春树笑了笑，他发现美由纪嘴巴嘟嘟囔囔的样子和小时候一模一样。

"爸爸，我还是有些担心。"

"美由纪，你放心，这一次我不会像上次那样束手就擒了，这一次我会把他们斩尽杀绝。"

伊春树眼神坚定地注视着控制屏幕，一个穿着制服的中年男子走了过来。

"老板，第一梯队已经全部放出。"

"有什么异常吗？"

"没有，没有任何异常。"

大屏幕上是太平洋的地图，红色的点状群体正在闪烁，全部位于国际日期变更线以西的南太平洋比基尼群岛区域。

"没有人会猜到恶魔来自二十世纪氢弹试验地，这就叫作自食其果。"

"老板，第二梯队也已经准备完毕。"

"这次投放多少只？"

"20万只。"

制服男子毕恭毕敬地向着伊春树报告。

"爸爸。"

美由纪俯身轻声询问自己的父亲。

"怎么了？"

"造这些怪物还有这个地下实验区需要不少钱吧？"

"很多很多钱。"

"这些钱都是哪来的？"

"我有一些朋友，比如那里。"

伊春树指了指巴布亚新几内亚右边的无数小岛。

"布干维尔岛，图拉吉岛……"

七

"亨德森！亨德森！！！"

祁龙大声喊叫，自己的回音笼罩在了耳朵旁边。他已经记不得自己喊了多少回了，现在背后和腋下都是渗出的冷汗，头颈部也黏糊糊的。

"亨德森，你听得到吗？"

依然没有任何回应，祁龙开始深呼吸，试图让自己冷静下来。他竭尽脑汁想着解决的办法，也许是电流的原因，也许是传感器的故障，也许是交互仪接触不良，也许是……祁龙把自己能想到的可能性都想了个遍，得出的结论就是如果铃木透夫在身边就好了。

这台脑机交互仪是七年前铃木透夫在自己的二号实验场独自一人制造的，之后的十几种改进型号也是铃木透夫一个人更新换代，所以有任何的故障需要处理那么就必须要铃木透夫来解决。这么多年来铃木透夫早已成为了祁龙身边的"透明人"，他是祁龙的"私仆"、祁龙的"管家",只要祁龙动动嘴铃木就会乖乖地来到自己身边,然后帮自己扫清障碍,而铃木也"心甘情愿"地扮演着这个角色。

说起"心甘情愿",祁龙也心知肚明,只是时间的推移让自己渐渐忘记了铃木当初是怎么来到自己公司的了。八年前,也就是在祁龙仔细阅读了美由纪父亲的秘密手稿后的第二年,他就着手开始"宇宙二号"计划,他游说了美国国防部提供资金、人力和技术为"宇宙二号"项目铺路,同时自己秘密为国防部进行一些基础实验研究进行交换。他那时候觉得"宇宙二号"的用户交互界面使用敲击指令来操作非常不方便,所以一直想引进脑机交互系统方便自己的操作,这个时候祁龙不知从哪里获知了有一个脑机交互专家因为疑似娈童的事件被驱逐出了脑机交互领域。就这样,铃木透夫来到了祁龙的身边,然后一直跟到了现在,因为除了待在祁龙这里铃木也想不出能够为自己生计提供依靠的地方,而祁龙也恰恰利用了这一点来随心所欲地指示铃木为自己干活。

偏偏这个时候出了幺蛾子,回去之后一定要臭骂他一顿,这个时候生什么病,祁龙心里面咒骂道。

现在应该怎么办呢?祁龙睁着眼睛,漆黑的视野里面没有一点光亮,但明明能感受到自己漂在了液体里。

也许刚才正好停电了,所以我现在出来了,而亨德森还在"宇宙二号"里面,这样想着,祁龙又慢慢恢复了冷静。可是如果停电的话那"宇宙二号"也应该停止呀，为什么亨德森没反应呢？他的意识难道被"宇宙二号"吸收了？为了摆脱这些毫无逻辑的推测，祁龙摇了摇自己的头，同时液体晃动的声音也随之而出。祁龙决定先起身了解情况再说，行动总比这么干想好。

祁龙刚想让自己站立起来，手上便传来了一个东西绑住自己的触觉，他稍一用力，一阵疼痛感从手背上传来，惊吓得他从黏糊糊的液体里钻出来。

现在他的眼睛慢慢适应了黑暗的环境，祁龙站在"浴缸"的大盆子里，他把头套取掉，由于刚刚一下子站立，所以头有点晕，等到血液重新灌满大脑，祁龙开始环视四周。他记得刚刚和亨德森进来的房间至少有 100 平方米那么大，可是现在四周的面积大概只有 20 平方米，并且是个长方形房间。

祁龙准备迈开脚步从这个脚下的"浴盆"里面跨出来，但是感觉右脚怎么也使不上力了，他试了试左脚，刚一发力，整个人"扑腾"一下摔了下来。他脸着地重重地摔了下来，上半身倒在了地上，下半身被"浴盆"的边缘挡住，"浴盆"里面的液体洒了出来。

祁龙的脸上就像是挨了一棍，他好不容易缓了过来，用手撑住地板把自己扶了起来，他想再一次站立，但是右腿还是使不上力气，或者说一点力气都没有。他摸了摸右腿，似乎有些异样，他又仔细地摸了摸，发现右腿简直就是一根骨瘦如柴的棍子。他又摸了摸左腿，明显感到左腿比右腿粗壮了很多。

没有其他办法能够帮助自己直立起来，祁龙只好背靠着墙壁一点一点地用左腿的力气让自己站立起来。他艰难地倚靠着墙壁，想要让自己走动起来看来并不十分现实，右腿根本吃不上力，除非有一根拐杖来帮助自己走动，要是有一根木棍也行。祁龙尝试着用双手贴住墙壁，利用能使上力气的左脚一小步一小步地挪动着自己的身子。

左脚触碰到了一个东西，似乎是根长条形的物体。祁龙艰难地弯下腰来，用手拿起了那个东西。昏暗的房间让他无法辨别这个到底是什么，但是通过双手的感知他可以确定这应该是根拐杖，就是腿部骨折患者专用的那种拐杖。他拿起这根拐杖撑在了右手上，这样稍微能够控制自己的移动。

现在祁龙总算站稳了，扫视四周，眼睛能够看到和分辨出的东西依然有限。

这个房间应该有个灯吧。

祁龙开始用手在墙壁上找寻开关，他边拖动着身体边在粗糙的墙壁上摸索，有时候会碰到一些障碍物，似乎是金属表面，有时候是玻璃的。

过了一会儿，他绕着房间总算摸到了。

按下开关，灯唰地亮了。

刺眼的灯光从上方放射而下，祁龙立刻用双手捂住眼睛，右手上的拐杖掉在地上，祁龙只好背靠着墙壁。

过了好一会儿，他才慢慢地适应了屋内的亮度。

这是一个四周墙壁呈现着毛面的房间,当中似乎是个小型的"浴缸","浴缸"里面是蓝色的液体,看上去有些黏糊。一个类似头套样的装置搁在了"浴缸"边缘,应该就是刚才从自己脑袋上脱下来的。头套上连着几根数据线,数据线很长,一直延伸着直到钻入了墙壁里。地上有个架子倒下了,旁边一个装着液体的输液袋躺在地上,输液袋上连着一个长长的输液管。地板是水泥地,有好几条拖行着湿答答的痕迹,自己的裤子也是湿漉漉的,祁龙弯腰看了看,自己好像从未穿过这条裤子。右腿的裤脚管空荡荡的,他把裤脚管撩起来吓了一大跳,右小腿的肌肉已经完全萎缩,外面由一层松松垮垮的皮肤包裹着。他又把左腿的裤脚管掀开,左腿明显呈现正常,只是皮肤的颜色显得很白,而且样子和自己的腿有些不一样。

祁龙的右腿膝盖有颗痣,他把裤子再朝上拽了拽,右腿的膝盖上什么都没有,这下祁龙觉得有些奇怪了,怎么自己的腿变成这副模样了。他靠着墙壁仔细回想了下刚才发生的事,从自己醒来到发现自己身体的改变,可是想了半天也没有想清楚。

这是在哪里?我怎么会变成这个样子?难道自己是在做梦?亨德森去了哪里?到底该怎么解释呢?到底该做什么呢?

一连串的问题冒了出来。

祁龙环顾着四周,两个毫无特色的柜子,白色的石灰墙壁,此外对面还有一个门。

光待在这里空想根本不是个办法,祁龙觉得自己应该行动起来。他捡起了掉在地上的拐杖，一瘸一拐地朝着对面的那扇门走去。门很轻松地就被打开了，门外是个朝上的阶梯，阶梯尽头有个平台。

祁龙艰难地走上阶梯，登上了平台。

平台外面还有一个小门，祁龙推开小门，眼前出现了一间布置得还不错的客厅。地毯铺满了整个房间，沙发、茶几、餐桌等一应俱全。

祁龙光着脚踩在地毯上，脚底舒服了很多。

他刚跨入几步转头四周看了一遍，嘴里突然发出了一声尖叫，接着身体失去了平衡，重重地倒在了地毯上。祁龙用惊恐的眼神看着挂在墙上的一面竖镜里的自己，大口大口地喘着粗气，心脏怦怦地狂跳。

镜子里面出现了一个人。

祁龙摸了摸脸，镜子里面的人也摸了摸脸，他摇了摇头，同样里面的人也摇了摇头。

这一定是梦！绝对是梦！

他朝镜子爬了过去，那张脸越来越清晰了。

祁龙仔仔细细地审视了一遍，没有一处和自己相像，完全是另一个人。总的来说，这张脸长得非常不好看，无论是拆分开来还是单独拎出来，眼睛鼻子嘴巴都是按照最不合时宜的方式排列组合起来，最要命的是脸上那些青春期时留下来的坑坑洼洼的点。

祁龙认识这张脸，这张脸他几乎每天都会看到，他几乎每天都会冲这张脸说话，这是他曾经认为的这个星球上最难看的脸之一。

这张脸的主人就是铃木透夫。

祁龙的目光避开了镜子，他颤抖着张开双手，低头仔细瞧了瞧，这不是自己的双手，自己的双手应该更加结实点，肤色也更加深，指间关节相对比较突出，而眼前的手完全不是这个样子。

我怎么会变成这个样子？

无数纷乱的头绪最后汇聚成了这个问题。

我怎么会变成这个样子？

祁龙坐在地毯上，思考着这个不可能有答案的问题。

我怎么变成了铃木透夫？我怎么会出现在这里？这里到底是什么地方？

祁龙看看上下左右，没有东西可以提供参考，周围都是毫无生气的家具，拐杖静静地晾在地上，天花板上悬着样式普通的吊灯，窗外面黑漆漆的，有一盏路灯亮着。遥远的地方传来了救护车的呼叫声，虽然声音很小但是还是能听见。

这间房间还算干净，说明有人还住在这个房间。

祁龙冷静下来思考，认为首先应该在房间里找点线索。于是他拿起拐杖，重新把自己撑了起来。他尽量不去看镜子里面身形丑陋的铃木透夫的脸，而是着手在房间里面寻找东西来确认自己的处境。

左手边不远处有个冰柜，冰柜上面似乎有东西贴着，祁龙慢慢移动过去，发现冰柜上面是胡乱排列的英文字母。冰柜里面有东西放着，祁龙打开冰柜，里面有几瓶可口可乐。他拿出一瓶，瓶身上面的生产日期显示20260223。他把可乐放回原处，然后又看了看里面的其他饮料。

没有任何线索。

祁龙重新把冰柜的门合上。

冰柜对面是沙发，沙发旁边有个矮柜，矮柜上除了台灯外，还有张纸。祁龙走到沙发上坐下，打开矮柜上的台灯，然后拿起这张纸。

纸面是空白一片，祁龙把纸面翻过来，原来是一张合影。

照片上面是三个人在自己的森林别墅后面的草地上的合影，祁龙站在了正中，铃木透夫和美由纪分别侍立在自己两旁，背景里面有一架改良版鱼鹰旋翼机，祁龙不记得自己什么时候照过这张照片。

祁龙注意到照片上祁龙的脸被小号马克笔标记了一个"X"，他仔仔细细地检查了这张照片，没有发现其他什么特别的地方。铃木透夫一脸猥琐地弓着背，美由纪穿着碎花长裙，天空被厚厚的云层覆盖住，鱼鹰旋翼机的周围有一些人似乎在捣鼓些什么。祁龙想起来了，昨天晚上美由纪提到过，有一次鱼鹰旋翼机出了故障，趁修理的间隙三个人在别墅吃过一顿饭。但是这张照片能说明什么呢？

祁龙把照片放回原处，头脑里面依然没有一丝头绪。他看着照片上的自己,"X"下面自己的脸显得很自信,身边的铃木和美由纪像两颗忠实的卫星拱绕着自己。慢慢地,祁龙把视线转到了照片下面的矮柜上,矮柜由上下两层抽屉组成,祁龙拉开了上面一层抽屉,里面空空如也,他接着拉开了下面一层,出现了一叠厚厚的纸,祁龙弯腰把这叠纸拿了出来。

纸上密密麻麻混杂着数字和公式,祁龙一眼就认出来这是铃木透夫的字迹。他从第 1 张纸开始从头仔仔细细地看了下去。才看到第 2 张快一半的时候,祁龙已经大汗淋漓了,而心里面一股子寒意升腾起来。他阅读的速度越来越快,手心里的汗也越出越多,他对纸上面的内容难以置信,在读到第 8 张纸的时候,他大吼一声,把厚厚的一叠纸甩到了对面。

纸张散乱地铺满了地毯,祁龙倒在沙发靠背上,一大口一大口地深呼吸,试图驱散脑中的混乱。

这一切到底是怎么回事?

他开始抓自己的头发,扭自己的手臂,打自己的耳光,除了引起一阵又一阵的疼痛,此外并无其他改变。

我一定是在做梦!

一定是在做梦!

祁龙一掌把台灯打掉,然后把拐杖朝着冰柜扔了过去。

他拿起沙发上的靠垫,朝着四周随意扔去,他还想砸破窗户,可是刚一起身就感到右腿无力,接着便摔倒在了地上。

浑蛋!!!

祁龙大叫了一声,声音随即被墙壁吸收。

我要出去!我要离开这个地方!

祁龙在地毯上爬行着,往拐杖的方向爬行着。他在想,也许出了这个房间一切就会回到从前。

拐杖离他越来越近,越来越近。

当他即将抓住的时候,地底下传来一阵巨响。

祁龙感觉自己飞了起来,飞得很高,速度很快。

很快他就撞到了坚硬的天花板,接着失去了意识。

八

铃木透夫从"浴缸"里站起来的时候,亨德森也醒了过来。

"祁龙,你这暗号是谁想的,真老土,不过我得说,一般人绝对不会没事说什么'芝麻开门'。"

铃木把头套取了下来,蓝色黏稠的液体粘在自己的头颈上,他环视着四周,左边有个放着特殊材质蓝色毛巾的架子,这是他再熟悉不过的架子了。架子上面挂着三个特殊的毛巾,最左边那个是祁龙擦身体时一直使用的,也是每次自己一瘸一拐地走过去拿给祁龙用的。

"我一直想知道这些黏糊糊的液体是干吗用的?"亨德森把头套取下来,"喂,祁龙,你在干什么呢?"

铃木站在"浴缸"里面,转着头四顾茫然,他明显感觉自己变高了,以前站在这里面的视野和现在感觉到的完全不一样,明显有种君临四方的视角。

"祁龙,你在看什么呢?"

铃木这才回过神来。

"啊,没什么,刚才突然起身有点晕。"

"我倒是还好。"亨德森一脚跨出了"浴缸","我去拿个毛巾。"

亨德森赤着脚走向毛巾架,顺手拿了左边两条毛巾。

"亨德森,给我最右边的那条。"

"不是都一样吗?"

"不,我喜欢最右边那条。"

亨德森无奈地把最左边的那条毛巾放下,然后拿起了最右边的那条。

"接着。"

祁龙从亨德森手里接过了毛巾,可是他没有擦自己的身体,而是看着亨德森擦拭。

"祁龙,你怎么不擦啊?擦完了我先洗澡咯?"

"你先洗吧。"

亨德森拿着毛巾,朝着一侧的淋浴室走去。等到亨德森关上浴室的门,然后浴室里面出现了水声,铃木才从"浴缸"里出来,他身上的蓝色液体都已经变成特别黏稠的状态了。铃木从背后把感受衣的拉链拉开,熟练地把感受衣脱去,几乎光着身体站在了"浴缸"旁边,他低头看了看自己的身体,尤其是自己的两条腿。

大腿很壮实,有明显的锻炼痕迹,小腿精炼而匀称,腓肠肌突出,这是长期运动的成果。腹部的六块腹肌看上去很结实,胸大肌也非常壮硕,再看看两条手臂,肱二头肌和肱三头肌凸起。铃木迈开自己的步伐,朝前走去。

起初还有些不适应,身体还像以前那样朝着左侧用力,经过好几步之后铃木开始稳步向前了。他走到一个架子前,从架子下面的抽屉里面拿出了一面镜子,他把镜子对准自己的脸。镜子里面是一张30岁左右相貌英俊的脸,浓密头发,卧蚕眉,棕色的瞳孔,高挺的鼻子,唇红齿白,还有一个刮过胡子的下巴。

铃木透夫内心平静地看着镜子里祁龙面无表情的脸,随后把镜子放回到了远处。

"亨德森,你洗完了吗?"

"快好了。"

铃木觉得亨德森洗澡的速度太慢。

拉开金属把手,淋浴用的花洒喷着温热的水,混合着铃木透夫的眼泪一起流入了下水道。他哭了,铃木透夫原本以为刚才自己会激动地喊出来,或者做出其他一些忘乎所以的庆祝,可是他没有。他现在就像是付出了10年时间努力最终获得奥运会金牌的运动员,曾经经历过的艰辛、折磨、羞辱像幻灯片一幕幕地在脑中回放。

先天的残疾让自己在起跑线上就输给了别人一大截,之后的记忆里便是收养所里面简陋的环境,每次开饭都只能吃别人抢完的残羹冷炙,大孩子们日复一日对自己的拳打脚踢,童年的阴影如乌云般徘徊在幼小的心灵中挥散不去。等到自己长大了一点，情况并没有好转，除了数学老师的关怀才让自己不至于绝望。他的才能与日俱增，原本他以为进入了大学，离开了收养所就能摆脱原来的宿命，可是他的一次冲动的举动再次让自己陷入深渊。那个小女孩的脸宛如死去的数学老师的样子，让自己的魂魄陷了进去，也让自己背负了一座永远翻不了身的大山。

铃木觉得自己的一生是和命运抗争的一生，命运无情地玩弄着自己，每次点燃自己的希望又熄灭自己的希望，难道自己的一生就该是命运的奴隶吗？当铃木透夫在八年前成为泛美生物遗传技术公司的一员之后，他决定和命运做最后一次抗争。虽然每天都是在"奴隶主"祁龙的颐指气使下度过，他却拥有了一个无比完美的实验环境，没有经费的担忧，没有其他人的干扰，因为二号实验场属于保密区域，这里的实验设施非常先进和完备，就这样将自己的才华尽情地释放。他将脑机交互的理论和实际操作结合，他发现了记忆储存的分子机理，同时利用微电流传输和激光印迹磷酸化修饰蛋白技术实现了两个不同机体的记忆互换。

"祁龙，好了没有？"

亨德森的声音穿透浴室的磨砂玻璃。

铃木透夫从回忆中醒来，他的眼泪已经流完了，他今后已经不需要再哭泣了。舒适的温水倾洒在高大强壮的躯体上，左腿强壮有力，右腿也同样结实，他低头看了看自己最重要的部位，然后回想了下曾经那个部位，一股热流涌向了自己的下半身。他已经不是那个面目猥琐、身形丑陋、半身残疾的铃木透夫了，现在他拥有了一个新的名字，叫祁龙。不，他不但拥有祁龙的名字，还拥有祁龙的一切，成就、金钱、地位，还有美由纪。

"喂，祁龙，你都快洗半小时了。"

铃木从浴室出来时亨德森已经换好了来时的西装，正随手翻阅着一本杂志。

"一天辛勤的劳作当然需要舒适的淋浴来犒劳自己。"祁龙用浴巾擦了擦自己湿漉漉的头发。"亨德森，等会儿咱们去露天餐厅坐一会儿，和你看看夜景聊聊天。"

亨德森把杂志插回到杂志架里。

"现在都几点了，我得回家，我女儿还在等我呢！"

祁龙看了看墙壁上的时钟，显示着 9 时 34 分。

"现在才 9:30。"

"等你有了小孩你就懂了。"

铃木慢悠悠地开始穿起了衣服。

"明天国防部会派人来拿脑机交互仪设备。"

亨德森的手里拿着一个特质的盒子，里面有冻存在 DMSO 抗凝液里的"怪物"细胞。

"别人说美国政府是最大的流氓和强盗，果真是名不虚传。"

"注意你的言辞。"

墨蓝色的天空点缀着零散的星星，大楼顶层刮着不小的风，此刻的城市就像一个熟睡的婴儿，除了数不尽的红色航空障碍灯在楼群的顶端永无止歇地变亮，然后变暗再变亮，只有一排排的路灯孤单地照亮着纵横的街衢和远方的高速公路，偶尔有零星的车灯在马路上移动。

泛美生物遗传技术公司总部大楼楼顶，一架战斗机模样的黑色轮廓停在了停机坪上，铃木透夫和亨德森走到了黑色轮廓旁边，原来是空军的一架战斗机。飞机的机腹都快到自己的头顶了，机头没有舷梯，反而是机头的腹部缓缓地斜降下了前后两个座椅。

"下次见。"

铃木和亨德森握了握手。

"最近这段时间我可不想再见到你了。"

"我以个人的名义来行吗？"亨德森笑着说。

铃木笑着摇了摇头，看着亨德森钻进了座椅里。待到亨德森坐稳后，飞机的机腹重新升回到了机舱中。铃木朝后退到了离飞机将近50米的距离，飞机的垂直喷气管朝下发出红色的火焰，然后缓缓地垂直上升，一股热气从飞机的方向传来，接着飞机朝着斜上方飞去，一眨眼的工夫飞机在天空里变成了一个小亮点。

天空中开始飘起了小雨，他孤身一人站在海拔400米的楼顶，望着迷离的雨夜。他从口袋里面拿出手机，雨水很快沾湿了屏幕，他也找到了他要找的人。

"爱丽丝，现在到阁楼来。"

打开被雨水打湿的落地窗，春夜的风把湿润的空气送了进来。

黑色的天空好像黑洞，把一切都收入囊中，显得既可怕又迷人。远处的车流形成流动的光点，填充了都市的欲望。天穹底下，林立的楼群顶部的航空障碍灯忽明忽暗。

这间房间的面积相当之大，差不多有三分之一个小型宴会厅的大小，一架三角钢琴安静地待在房间的一角。天花板上的装饰灯散发着柔和的黄光。柔软的地毯被踩在了铃木的脚底，脚趾感受着地毯带来的舒适。

看着远处的LED广告屏，脚踩在地毯上的沉闷声从身后传来。

"老板。"

低缓的萨克斯曲不知从房间里的哪个地方流淌出来，爱丽丝披着一件风衣，手里拿着一个玻璃杯，舒缓地坐在了地毯上。祁龙接过爱丽丝手中加了冰块的八角形玻璃杯，喝了一口冰水，眼睛在风衣里面游走。爱丽丝裸露的双腿盘曲在了身前，光滑细腻的肌肤反射着头顶上的装饰灯光，原本及肩大波浪扎成了马尾状。

上一次和女人接吻是在什么时候呢？铃木已经想不起来了。爱丽丝会不会发现有什么异常？不会的，我是他的主人，我想怎么样就怎么样。

咣当！

八角玻璃杯打翻了，冰水沾湿了布满花纹的地毯，立方体型的冰块碰撞着滚落。

铃木已经吻上了爱丽丝的嘴唇，一种全新的味道经由津液的交换传入了铃木的大脑，心脏开始加快工作力度，热流汇聚到了身体各处，空气中低音萨克斯缠绵的旋律如同催化剂，尽情加速着两人之间的化学反应。

"老板……"

面对着面，铃木看到了一张美丽的脸，过去他只能在脑子里面偷偷意淫，现在可以无所顾忌了。解开扎着头发的橡皮筋，绚丽的卷发像春日午后的阳光洒在了爱丽丝的胸前。

空气渐渐恢复平静，唯有萨克斯的旋律还在回荡。

"老板，今天你有点不一样。"

铃木沉默不语地躺在地板上，侧着脸看着雨水冲刷着窗玻璃。

"爱丽丝，说一下明天的安排。"

"上午是董事会的会议，下午斯坦福校长来商讨关于'肿瘤永生化'的合作事宜，之后……"

铃木的手抚摸着爱丽丝的大腿，脑子里面浮现出美由纪那张清纯贞洁的脸。

九

"他醒了。"

"让我看看。"

祁龙微微睁开眼睛,眼前出现两个戴着白色帽子穿着白色衣服的女人在观察着自己。

"他可长得真难看。"

"嘘!你小声点。"

"没事,听说他是个日本人,听不懂英语。"

"那你也还是少说点话,我得把情况告诉史蒂夫医生。"

"随你,让我再看看他。"

"走吧,接下来还有好几个病人的引流袋要换呢。"

两人说完走开了,然后是门关上的声音。

祁龙现在处于仰躺着的状态,身体很虚弱,没有力气翻身,面前只有一个白花花的天花板朝下看着自己。

他试着回想了下之前发生了什么,却不知从何时算起。

祁龙隐约记得自己忽然变瘫了，而且发现自己变成了铃木透夫，最后地板突然升了起来，自己被弹到了天花板上失去了知觉。

到底发生了什么？祁龙不知道该怎么回答。

耳边出现了门打开的声音，接着是脚步声，然后一个穿着白大褂、长着一副马脸的医生出现了。

"铃木透夫先生，你终于醒了。"

长脸医生脸上的雀斑很显眼。

"你说什么？"

"你叫铃木透夫，对吧。"

"不，我叫祁龙。"

"祁龙？"医生皱起了眉头，"你是不是住在新斜街435号？"

"什么新斜街？"

"你家的住址。"

"你在瞎说些什么东西？"

史蒂夫医生继续皱着眉头查看着手上的电子病历平板电脑。

"看来你的大脑受到了一定的损伤。"

"喂，你是谁？这里是哪里？"

祁龙想用力起身，可是浑身上下传来的疼痛感让他乖乖地躺在了床上。

"好吧，铃木透夫先生，我来帮你回忆一下。"史蒂夫医生推了推眼镜，"昨天晚上，新斜街435号也就是你家发生了天然气爆炸，你被冲击波震到了门前的草坪上昏迷不醒，你家斜对面的水果店老板叫来了救护车把你送到了这里。这里是旧金山国立医院的外科监护病房，现在是下午4点37分，你已经昏迷了快18个小时了。"

"这里是旧金山？我明明是在洛杉矶。"

"铃木透夫先生，我……"

"我的名字叫作祁龙。"祁龙一字一顿地说道。

史蒂夫医生露出了无奈的表情。

"祁龙？你是说泛美生物遗传技术公司的老板祁龙？"

"是的，我就是。"

史蒂夫医生把自己的病人从头到脚打量了一番后苦笑着摇了摇头，然后把平板电脑夹在自己胳肢窝下面，双手插着口袋。

"铃木先生，你需不需要我给你个镜子照下。"

"不需要，你听着，我是祁龙，昨天晚上国防部生物武器部主任亨德森到我的地下二号实验室来拿东西,然后我们进入了'宇宙二号'，从里面出来的时候不知道怎么回事我就变成了现在这个样子。"

史蒂夫医生以前遇到过很多脑部受到创伤之后出现失忆、幻觉的病人，但今天还是第一次遇到这种爆炸之后声称自己是另外一个人的情况。

"听上去你的逻辑非常清晰。"

"你听着，后来我读到了铃木透夫的手稿，对了，忘记和你说了，铃木透夫是我的一个手下，我仔细读了他的手稿，我发现他在搞什么记忆互换的技术，就是把两个人的记忆互换，你懂吗？就是……"

祁龙停了下来，因为史蒂夫医生现在看自己的眼神就像是在看动物园里狂躁的猩猩。

"好了，铃木先生，你现在的身体状况还行，全身上下并没有骨折或者内脏损伤，现在只是给你补充需要的水和电解质，当然抗生素我也用了一点。"史蒂夫医生看了眼位于床边还剩下一半液体的输液袋。"现在你需要的是好好休息，等会儿神经内科和精神科的大夫会来和你聊聊。"

"精神科？我又没有精神病！我的名字叫祁龙！叫我的秘书来！爱丽丝！或者打电话给我的老婆，美由纪，伊春美由纪！我的手机呢？喂，把手机给我！"

史蒂夫医生觉得这个忽然变得躁狂的病人现在急需一针镇静剂，他对着平板电脑说了一句。"珍妮，带一只戊巴比妥钠过来。"

"你想干什么？"

"让你好好休息下。"

祁龙大口地吸着气，看着一脸淡然的医生，然后不顾疼痛使尽全身力气从床上蹦起来，扑向了史蒂夫医生。

"你干吗？你给我下来，喂！珍妮！叫人，叫警卫！把拘束带拿来！你给我让开。"

"你现在立刻叫泛美生物遗传技术公司的人过来！让他们把我接回去！快点！"

祁龙从后面抓住医生,他的右脚使不上力气,只能靠左脚支撑。

"真是见鬼了!"

练过柔道的史蒂夫医生渐渐占了上风,他一把将自己的病人背摔到地上,用膝盖顶住了病人的胸口。

"我看你真的是脑子被炸出毛病来了。"

病房外传来急切的脚步声,几个穿着警卫制服的黑人彪形大汉冲进病房,三下五除二把这个瘦小的黄种人拽到了床上,护士珍妮站在病房门口,手里面捧着一个大型医用拘束带。

"把他给我绑上!"

史蒂夫医生命令道。

"祁龙先生,非常感谢您能够抽出时间来配合我们的采访。"

铃木和打扮得花枝招展的《时代周刊》女记者握了握手,旁边工作人员开始收拾摄像设备。

"洛瑞丝小姐,让我猜猜,耶鲁毕业的?"

"伯克利。"

女记者露出了职业性的微笑,八颗整齐的牙齿在窗外阳光的照射下闪闪发光。刚才采访时光顾着聚精会神地吹嘘着自己的成就,所以铃木现在仔仔细细地打量了下她。金黄色的头发,蓝色的瞳孔,淡淡的雀斑在淡妆的掩盖下若隐若现,鹅蛋脸,微微上翘的鼻子,有点厚的嘴唇,这张脸在白人里面可以说算得上是上品，更遑论脸蛋下面迷人的身段。和爱丽丝比起来，这个女记者别有一番风情。

"祁龙先生，我们下次见。"

铃木眼睛直视着女记者深邃的大眼睛，他在里面读取着信息。

"我随时都有空，需要的话和我秘书联系就行了。"

"洛瑞丝小姐，直接和我说就行了。"爱丽丝站在女记者身旁说道。

五分钟后，办公室里面又只剩下铃木和爱丽丝两个人了。

"老板，杰森·内特罗斯先生的肝移植手术成功完成了。"

"知道了。"

铃木坐在了老板椅里，窗外是明媚的春光，眼前的视野非常开阔，可以看到太平洋广阔的空间。

"现在几点了？"

"11时23分。"

"在蒙田餐厅预定个位子，好久没去吃了。"

中午时分是泛美生物遗传技术公司总部大楼一层人最多的时候，从专属的电梯里一出来，铃木就受到了国王般的礼遇。员工们自动为自己让开一条道，每个经过的人都露出笑脸和铃木打招呼，很多人发自真情实感地觉得自己的老板是个不世出的科学奇才。铃木一一和他们点头，有一些脸孔他还认识，以前那些脸孔看自己时候的眼神简直是在看一个怪胎，现在仿佛是在朝圣。

铃木走出大楼，一辆凯迪拉克豪华轿车已经停在了门口。

位于楼顶的蒙田旋转餐厅里非常静谧，背景音乐是蓝调爵士。铃木一个人坐在紧靠窗的位子，一位肤色较黑的侍者轻手轻脚地来到餐桌旁，铃木点了菲力牛肉块拌香菜、罗宋汤、蔬菜沙拉和水果圣代，侍者熟练地把晚餐准备在了两人面前。

接着侍者默默地打开一瓶葡萄酒，两人无声地看着酒杯里斟满了红酒，沉默的因子占满了空间。把酒瓶轻轻放回桌面上后，侍者对铃木微微一笑然后转身离去，厚实的皮鞋踩在天鹅绒的地毯上发出了有节奏的沉闷声音。

铃木用白齿咀嚼着柔滑的牛肉，右手轻轻擎起高脚杯喝了一口红酒，酸甜充实的感觉瞬间扩散到全身。窗外的芸芸众生在为他们的生存拼命奔波，不对，是为自己拼命奔波，铃木微笑着想到。再过几年，所有人都得使用泛美生物遗传技术公司的产品，从怀孕、产前诊断一直到死亡或者永生，没有人能够逃脱为他们设置好的隐形牢笼，而铃木就是一个高高在上的救世主，一个后现代社会里的"君主"，所有人都臣服于自己之下。

铃木想起了那个墨西哥驾驶员，他把叉子狠狠地插进了水果圣代里，他想起了自己连续八年每个月遭受到的羞辱。他要让那个浑蛋尝尝受到侮辱的滋味，不，受到侮辱还不够，得让他尝尝生不如死的感觉。铃木回忆了下祁龙曾经经常联络的黑帮，他准备把这件事情交给哥伦比亚人来做，他们对于如何处理这类人非常有一手。

午饭的安静时光被背后的脚步声打破。铃木回头一看，爱丽丝正急急忙忙地赶到这里来。

"我正在吃饭呢，你没看到吗？"被打断的铃木有些恼怒。

"老……老板，有……件事。"爱丽丝诚惶诚恐地说道。

"说！"

"旧金山那边传来消息，铃木透夫的家里发生了爆炸。"

"嗯？铃木？"

铃木不急不躁地往嘴里面塞了点生菜叶子。

"是的，老板，他家里发生了天然气爆炸。"

"他在家里吗？"

"在，"爱丽丝双手放在了身前，躬身道，"老板，铃木现在躺在旧金山国立医院的外科监护病房，他现在……"

"你说什么？！"

铃木手上的餐刀掉在了餐具上，发出碰撞声。

"铃木虽然没有受严重的伤，但是精神状况比较严重，他一直在病房里面胡言乱语……"

铃木感觉到仿佛有人重击了一下自己的脑袋。

这不可能，铃木回忆起前天晚上，他把微型雷管和遥控引信都放置妥当，天然气管道上面也做了手脚，到时候管道会泄露出丙烯气体。插入自己静脉的输液针连着一个装有定时装置的输液器，可以延时输液。铃木已经把足够过量的戊巴比妥钠装满了输液器内，然后定了一个倒计时间。为了能把自己摘清楚，他不断修正自己的设计。一切万无一失，铃木把所有的可能性都想到了。

可是，怎么他——或者说他自己，没有死？

铃木迅速收敛起刚才的失态，用湿巾擦了擦自己的嘴。

"老板，铃木在医院里不承认自己是铃木，一直坚持说自己是……"

铃木静静地听完了爱丽丝的汇报。

"让旧金山国立医院把铃木所在的监护室严加看管，把飞机准备好，我现在就去看他。"

十

祁龙在做梦。

梦里面他站在了一个广场的中央,所有人都在看着自己,他在说着什么,周围的人用赞许的目光看着自己。他越讲越兴奋,周围响起了掌声,忽然有人喊了一句"他是假的!"人群里钻出来了个人,是铃木透夫,他怒气冲冲地对着自己,然后招呼人群朝着自己涌来,他被人潮推搡着,有人重重地推了推自己的肩膀。

"铃木?铃木?"

祁龙睁开眼睛,迷迷糊糊地发现那个名叫史蒂夫的医生弯着腰正摇晃着自己的身体。

"铃木,有人来看你。"

病房里面有一股次氯酸钠的味道,史蒂夫医生的马脸上依旧满是雀斑,露出的笑容就像某个廉价油画店里面画了一半的笑脸。

"我说了多少遍了,我的名字叫祁龙!"

史蒂夫医生耸了耸肩膀。

"铃木,祁龙先生专程从洛杉矶来看望你,自从……"

"你说什么?"

祁龙一瞬间没理解医生所说的话。

"祁龙先生就在门外面,自从前天你家发生爆炸后,警察一直找不到你的家属,碰巧发现了掉落在草坪上的相册,上面正好有你和他的合照。"

祁龙躺在病床上,呆呆地仰视着史蒂夫医生瘦长的脸,想起了前天在铃木家看到的合照。

"祁龙先生一听说你发生的事情马上就赶过来了,我看你现在的身体情况不错,说不定见见你的朋友对你的大脑创伤会有些好处。"

"我的大脑运转非常良好。"

"也许吧,"史蒂夫医生直起腰来,"我现在就叫客人来见你。"

就在祁龙仍然胡思乱想的时候,门无声地打开了,一个和自己长得一模一样的男人走了进来。

"哎,铃木,你是怎么搞的?"

祁龙知道自己仅存的幻想被彻底打碎了,真正的麻烦来了,现在得直面现实了。

门自动地关上,堆满医学设备的监护病房里响着心电监护仪的"嘀嗒"声,祁龙看着另一个自己绕道自己的左侧,低头俯视着自己。

"你这家伙真是个衰星,什么倒霉的事情都会碰上。"另一个自己用手调了调输液装置的输液速度,把它设置成最大值,"听说你家的天然气管道炸了?"

祁龙仔仔细细地看了看另一个自己的动作,几乎和自己一模一样,走路的姿势,说话的语气,手上的小动作几乎如出一辙。

难道他不是铃木?

祁龙回想了下在铃木家里看到的那份手稿,上面清清楚楚详细写着如何记忆互换的步骤,所以根据自己的判断,很有可能自己和铃木的意识发生了互换,现在看起来似乎情况和自己想象的不一样。

这时一个可怕的想法从自己的大脑里冒了出来,也许我现在依然还在"宇宙二号"里面。

祁龙悄悄地在自己喉咙里面发出了四个字。

"芝麻开门。"

没有任何反应,没有任何动静,一切如初。

"喂,你嘴里在嘀咕什么?"

祁龙和另一个自己眼睛对着眼睛,如果目光是一种武器的话,那么两人现在正在进行焦灼的战斗,祁龙觉得自己在这场交锋中并不落下风,而且他要趁其不备将其击垮,并且是一招制敌。

"瘸子,你装得挺像的。"

另一个自己的眼神瞬间慌张了一下,随即在千分之一秒内又恢复了,不过这个微小的颤动被祁龙抓住了,祁龙露出了胜利者的笑容。

"这样也好,大家不用假惺惺地对话。"另一个自己也露出了微笑。

"瘸子,你换了个身体还是我的——啊!!!"

祁龙感到自己的侧腹传来一阵钻心的疼痛,一种直入骨髓的疼痛,原来是另一个自己正用手指狠狠地戳着自己侧腹的伤口。

"你得再叫得响一点,才能让史蒂夫医生听见。"

另一个自己的手指又往伤口里面伸进去了几厘米,祁龙的头上已经冒出了豆大的汗珠,双脚不停地在拘束带里挣扎。

"瘸……瘸……啊啊啊啊!"

"祁龙,乖乖地在这里躺着,你现在很虚弱,可是你的大脑又非常亢奋,这样子不好,你需要好好地睡一觉。"

祁龙感到手指快要戳到自己的肝脏了。

"瘸子……你……总有……一天会……"

"会什么?报应?"另一个自己把手指头从伤口里拔出来,然后把上面沾着的血和分泌物涂在了祁龙的头上。"我们都是一样的人,想要成功就得让自己的手上沾满鲜血。"

"你别想得逞!"

"别想得逞?"另一个自己露出了祁龙标志性的自信微笑,"爱丽丝的身上有一颗藏得挺隐秘的痣,昨天晚上我找了好久才找到。"

"你说什么?"

另一个自己用纸巾擦了擦自己的手指头，歪着头咧开嘴笑了笑。

"今天晚上我没什么事情，等会儿美由纪会给我准备好晚餐，每天山珍海味不如换换自家的口味。"

一个画面出现在了祁龙的脑中，他想要驱散这个画面，可是却无法做到。

"我也得让美由纪尝尝不一样的口味。"

祁龙从未有过如此巨大的羞辱感，他开始朝着另一个自己唾骂起来，病床被震得"乒乓"作响。

"史蒂夫医生，病人现在躁狂症又发作了。"另一个自己朝着对讲装置说完后最后看了祁龙一眼，"祁龙，你死了以后我会给你造一个华丽的陵墓，非常华丽。"

另一个自己眨了眨眼睛，打开病房门走了出去。

祁龙发现自己竟然不争气地流出了眼泪来。

铃木把车停在了森林别墅门口的大理石喷水池前，地上是零星的落叶。精致喷水池里面6只石雕的翼龙各自从嘴里喷出了水花，在这6只翼龙的中间，一柄带着火焰条纹的宝剑斜插入水池中，围绕着喷水池四周的是遮天蔽日的北美巨型红杉。

别墅的门窗紧闭，窗户里面没有光亮。

"美由纪！"

声音在树桩之间回荡，慢慢消散。

铃木中午从旧金山国立医院出来后就换了一辆捷豹跑车，取消了下午的会议，然后直奔美由纪所在的森林别墅。他刚才和史蒂夫医生吩咐过了，等病人睡着后肌肉注射一针氯化钾，然后根据自己的安排把病人当成突发性心机功能不全处理了。史蒂夫医生是泛美生物遗传技术公司资助培养出来的广大医生群体中的一员，对于公司老大的指示肯定是言听计从。

铃木刚才一直觉得奇怪，祁龙是怎么突然识别出自己的，他想了想，肯定不是自己的言行举止暴露的，因为在记忆互换的基础理论里对于事件记忆和行为记忆在大脑中的分布是不同的，分别位于海马体的不同区段里，也就是说只是把两个人从小经历过的事件进行了互换，而行为举止没有变化。

他是怎么发现的呢？算了，别想这种无聊的问题了，那个家伙马上就要归西了，管那么多干吗？

铃木走向了大门，他敲了敲带有铜环的门把手，可是等了半天没有回应。他拿出钥匙，钥匙插入门孔，轻轻一转门便打开了。

"美由纪！"

屋子里面昏昏暗暗的，一股子沉闷的味道扑面而来，仿佛房子被封锁了好几年。

"美由纪，你在哪？"

铃木进入大门，首先是玄关，然后出现宽敞的客厅。客厅里面的摆设是维多利亚风格和洛可可风格的糅合版，古色古香、繁缛缭乱的家具和装饰布满了这个房间。这间房间他过去只来过一次，不过没关系，对于这里的细节铃木已经通过祁龙的记忆移植给了自己,所以这间房间他还是非常熟悉的。客厅的一边是厨房,祁龙一打开厨房门,百合的香味传来,原来是料理台上的玻璃瓶里插着新鲜的百合,铃木讨厌百合的味道,但是这至少说明有人在这里。

美由纪在哪里呢?

宏大的地下宫殿她白天不会去,她有可能会在楼上的房间,不过更大的可能是在别墅后面的草地那里,她平时喜欢下午在那里看书。

铃木从厨房里出来后直奔后门。

午后的阳光洒在了别墅后面一片宽阔的草地上,不远处拱形的木桥架在一条小溪流上,对面也是一片森林。铃木站在草地上朝着四周张望,四周什么人都没有,只有两只长着鸭子蹼的小猫在小溪边的草丛里竖着脑袋警惕地看着自己。

"美由纪!"

铃木一个人站在了木桥上,朝着四周喊了喊。

奇怪了,这女人去哪里了?平时不都是乖乖地待在家里的吗?难道出去了,那也得跟我汇报才对。铃木把手机从口袋里面拿了出来,拨打了美由纪的手机,听筒里面传来了忙音。铃木放下手机,找到美由纪的名字准备给她发短信。

清澈的溪水反射着点点阳光,潺潺的水流敲打着岸边,天空忽然变暗了许多,祁龙把视线从手机屏幕上移开,仰头看了看天空。

天上出现了数不清的密密麻麻的黑点，黑点移动的速度很快，从西往东连绵不绝，把太阳都快给遮住了。铃木眯起眼睛仔细观察，黑点们形成了一条长带，占据住了四分之一的天空。

　　这个时候，爱丽丝打来的电话响起了。

十一

史蒂夫医生小时候是个在旧金山贫民窟长大的孩子，要不是泛美生物遗传技术公司"淘金计划"的资助，他的人生轨迹很可能是加入黑帮，最终横尸街头。"淘金计划"是祁龙当年创立的旨在帮助贫困家庭的优秀学生无息贷款上大学的项目，史蒂夫医生是受益者之一，理所当然祁龙就是他的恩人，所以当史蒂夫医生听到祁龙让自己解决掉铃木透夫时，他没有一丝一毫的犹豫，甚至有些感激涕零。

午后的外科监护病房和其他任何时候一样显得很安静，被大型仪器包围的病人躺在床上，正安静地熟睡着。医用大型仪器如同雕塑般站立着，挂在盐水瓶里的补液在玻璃软管中无声地滴下，窗门紧闭着隔绝了室外的世界，唯有监护仪的"嘀嘀"声在房间里面响起。

史蒂夫医生走进病房，等到门自动关上后，他慢慢走近了病床。从口袋里面拿出了一个小玻璃瓶和一个胰岛素针头，把针头上的套子拿开，然后将针头戳进橡胶瓶盖，吸满了一管透明液体，接着史蒂夫医生蹲下身体把病人的右手臂取出来，快速地找到了静脉，轻轻地将针头斜向刺了进去。

刚才一直醒着，中午给的麻醉剂的量明显不足，所以他10分钟之前就苏醒了。他用耳朵感知着有人来到自己的身旁，然后自己的手从拘束带里面被解放出来，他一直在等待，当手肘心一传来疼痛感，他立马抽回自己的手，同时把对方的手也拉了过来，针筒连着针管掉在了地上。

"又是你这个浑蛋。"

史蒂夫医生的眼神闪躲，人显得非常慌乱，他的眼镜歪在了鼻子上，双臂用力想挣脱祁龙。

"你别想逃！"

祁龙不顾身上的疼痛使出浑身力气和史蒂夫医生进行着搏斗，他紧紧抓住史蒂夫医生的身体，不让他撤身。虽然史蒂夫医生的力气很大，但是由于拘束带的关系，现在祁龙和床连在了一起，所以他想要挣脱就必须花更大的力气。床的底座和地板摩擦发出了"吱呀"声，两个人像拔河一样毫不相让。祁龙感觉到自己的伤口上的疼痛感越来越强烈了，但是他的意志力让他没有些许松懈，他的双手像蚂蟥一样牢牢地吸附在了史蒂夫医生身上。

史蒂夫医生的身体突然之间发力，祁龙直接从床上飞了下来，原来僵持过程中他已经从拘束带里面被拉了出来，祁龙的双手下意识地脱离了史蒂夫医生，然后重重地摔在了地板上。

"看来得加大麻醉剂的剂量。"

史蒂夫医生赶紧弯腰从地上捡起了刚才掉落的针管,祁龙趁此机会伸出自己的左脚,勾倒了对方。

"啪"的一声,史蒂夫医生摔倒在地,同时把窗帘扯了下来,白天的亮光从落地窗外照进来,外面的晴朗天空在艳阳下显得更蓝了。

史蒂夫医生又一次使出了摔跤术里面的技术,这一次是用膝盖锁住了祁龙的喉咙。祁龙感觉自己快要窒息了,喉咙处堵着一块巨大的石头,身体无法动弹。他看着史蒂夫医生拿起针筒,大拇指握住了活塞,同时针头对准了自己。

"唔——"

"唔——"

就在史蒂夫医生正要动手时,外面突然响起了防空警报,接着大楼开始摇晃起来,病房里面的大型仪器发出各种碰撞的声音,人群尖叫的声音也从窗外面传了进来。

地震了?

祁龙和史蒂夫医生同时看向了窗外。

天空被密密麻麻的点所占据,人群的惨叫和爆炸声此起彼伏。

砰!砰!砰!

好几声清脆的爆破音蹦出,接着防空警报声消失了,房间里面也瞬间断了电,医疗仪器都同时停止了运转,大楼更加猛烈地摇晃起来,天花板上抖落下了很多碎片。很多白色的东西在外面穿梭，那些东西发出了怪叫。

一个巨大的白色生物悬停在窗外，红色的眼睛，一双巨大的翅膀展开着，两对宽阔的副翼扑打着维持自身平衡。白色的生物紧盯着祁龙和史蒂夫医生，它红色的眼睛好像一台扫描仪，巨细靡遗地扫描着视野里看到的一切。

祁龙看着这个白色的生物，身上的鳞甲，眼睛的颜色，翅膀的形状，副翼的扑扇，所有的一切都和自己在"宇宙二号"里面创造的生物几乎一模一样。他觉得自己已经无法用正常的逻辑来思考了，一切都乱了，都乱套了。这些怪物是从哪里冒出来的，自己明明只是制造了细胞，怎么才仅仅几天就出现了实体。

"哗啦——"

落地窗被这个白色生物撞碎了一地，它飞了进来，将史蒂夫医生轻而易举地抓了起来，然后把他一起带出了窗外。

身上的压迫总算解除了，祁龙扶起自己，然后看到了让自己难以忘记的一幕。

"不要！啊……啊……"

史蒂夫医生还在撕心裂肺地喊叫时，身体从正中间被扯成了两半，怪物一手拿着一半躯干，朝下飞去。

祁龙赶紧连滚带爬地躲到了房间里，藏在了呼吸机的后面，避免自己暴露在外。

外面的爆炸声越来越频繁，人群的声浪也更加密集。祁龙躲在安全的角落慢慢冷静了下来，他觉得现在有两种可能性。第一种可能自己看到的一切是幻觉，从自己醒来发现自己变成铃木透夫后就是幻觉，自己仍然在"宇宙二号"里，是铃木这小子在玩弄自己；第二种可能自己的确是在现实世界里，铃木把自己进行了记忆互换。但是这两种解释都有瑕疵，每一种都不能完美地解释目前的状况。

到底是哪一种呢？

正在祁龙绞尽脑汁思考的时候，天花板突然压了下来。

"喂，爱丽丝，喂。"

听筒里面传来嘈杂的声音，然后又变成了忙音。

"怎么搞的。"

铃木看了看手机上的基站信号，竟然一格都没有了。他抬头望了望天空，刚才看到的黑点已经不见了，也许被高大的红杉树挡住了也有可能。他把手机放回自己的口袋，顺便拿出了车钥匙。

说来也奇怪，开回洛杉矶的高速公路上几乎没什么车流，偶尔才能遇见一辆大货车。铃木手握着方向盘，打开收音机，搜索各个频道都是杂音，蜂窝网络信号也显示为无信号，为了打发时间，他播放起车内自带的纯音乐。

行驶了快 10 分钟的时候，他看到很远处洛杉矶的方向冒起了浓烟，洛杉矶市中心标志性的高楼群似乎都着了火。铃木将驾驶模式改为自动模式，他定睛观察一会儿，不只是高楼群，是连整个洛杉矶城区都在冒着烟。

"什么情况？新一轮的世界大战开始了？"

前方高速公路一眼望不到尽头，车体前方雷达显示 5 千米内没有一辆车，铃木把车速设定为 140 千米/小时。

一阵枪炮声从左边传来，铃木扭头看去，声音来自左边的田野地区，大约有两千米远的地方，黑压压的一片的东西朝着地面俯冲下去。铃木减慢了车速直到车停下，侧着身子观看眼前这个盛景。

地面上有很多部队，坦克和装甲车炮火齐鸣，还有士兵用步枪朝着天空开火。铃木看到的那些黑压压一片的东西似乎是一个个独立的个体，而且每个个体两侧都伸出来两个东西。这些东西从天空中俯冲到地面后开始攻击军队，很快枪炮声就不见了。由于距离较远，铃木无法看清细节，可是刚才的场景给他一种似曾相识的感觉，他在哪里见过，只是一下子想不起来。直到过了大概一个小时以后，他知道了。

车子在离开城区还有大概 20 千米的时候开始自动减速，前面终于出现了车辆。车速降为了 40 千米/小时，铃木逐渐看清了前面发生了什么。一辆大货车侧躺在了公路的临时停车带上，前部冒着浓烟。经过货车时，司机的无头尸体躺在地面上，血朝着隔离护栏处流去，铃木转身看着尸体朝后面远去，司机的脖子里面黑洞洞的。

车子在高速上行驶得越来越慢了，因为马路上一直有横七竖八被砸烂的车子和人体的尸块。车子小心翼翼地在断壁残车和断肢的缝隙里面钻来钻去，前面是一望无际的由尸体堆积而成的高速公路，一直通向了洛杉矶市区。铃木看到前面有个下匝道口，于是指示自动驾驶机器人从匝道口下去，离开这个人间炼狱。

匝道口的下面是一个洛杉矶外围的卫星县城，情况并没有什么好转。马路上空无一人，严格地说是空无一个活人。车子不是压过人体的躯干就是其他什么部位，所有的沿街房子都成了原子弹爆炸之后的模样，铃木看了看交通指示招牌，这个小镇自己以前来过，对了，就是那个墨西哥司机的家所在地。

这里到底发生什么了？

铃木从车子上下来，四顾望了望，很安静，死一般安静，左边是某个人的手臂，右边是一个人破碎的肝脏。他走在棕榈树遮掩的马路上，血腥味遍布了整个街区，他忍不住一阵阵干哕，很快一幢熟悉的房子出现在左侧。

铃木注意到一个身体正中有一个大洞的棕色皮肤大汉面朝下倒在门口的地上，手朝着前面伸着，铃木将这个大汉翻了身。

"没想到你死得这么便宜。"

铃木对着墨西哥司机吐了口痰，然后顺着司机的手伸向的地方看去，一个空荡荡的十字路口，什么都没有，不过倒是有种"嗤嗤嗤"的声音在响动。铃木朝着十字路口的方向走去，在路口他停住了脚步。

刚看到怪物的头几秒钟，铃木一动不动，而怪物也沉浸于吞食猎物的愉悦中。怪物正在啃食一个士兵的腿，周围是一堆已经吃完的士兵以及即将要吃的士兵。铃木的大脑从一片空白中慢慢恢复过来，他的头一个想法就是——逃。

铃木扭头疯狂地朝后逃去，听到声响，怪物扭过头来，扔下自己吃了一半的猎物，扇动起翅膀飞向了另一个会跑的猎物。铃木没命地奔跑，他回到墨西哥人的家门口，然后蹿进了他家，飞速地把门锁上。他在客厅里面寻找通往地下室的通道，而怪物已经来到门口了，铃木觉得时间已经来不及了，慌乱之中根本找不到地下室。他躲到了厨房间的灶台底下，这时一阵猛烈的撞击声传来了。

铃木闭上眼睛，等待着厄运的降临。

可是等了很久，什么也没有降临。他睁开眼睛，房间里面完好无损，只有砸碎的水杯和掉落在地上的一些水果。他慢慢地重新站了起来，心脏的跳动逐渐恢复了。

这个怪物是从哪里来的？

头一个问题冒了出来，铃木回想了下，祁龙只造了一些怪物的细胞，前天才给了国防部。离成体还有十万八千里，不可能在这么快就造了出来，所以说这些怪物的出现一定是有问题的。

铃木回忆了下，又一个问题冒了出来，说不定我还在"宇宙二号"里面，说不定意识转换的时候出了差错，铃木越想越觉得有道理，于是朝着天花板喊了一句：

"芝麻开门！"

贴满墙纸的天花板冷冰冰地看着铃木，没有任何表情。

"芝麻开门。"

依然没有动静。

"暗号失灵了?"

铃木又喊了好几声,最后放弃了尝试。

对了!有可能是那个宫殿里的人,那个躲在背后的组织一直在问我祁龙的行踪,还有"怪物"的事情,国防部的事情,而且还有"宇宙二号",难道是他们搞出来的?可是他们又是谁呢?

毫无头绪的铃木坐到了餐桌前,拿起地上的苹果就吃了起来,吃完早餐后到现在除了中午的一小块牛肉粒之外,他差不多滴水未进。铃木大口啃食着苹果,随便嚼动了两下就吞了下去。

手机已经无法使用,美由纪不在家,爱丽丝联系不上(说不定早就死了),外面又尸横遍野、一片狼藉。铃木发现命运又开始捉弄自己了。刚摆脱过去无望的人生和残缺的躯体没多久,才享受了人间至乐两天,一场无妄之灾降临到了自己头上,虽然不是直接降临,自己的身体还是完好无损,但是从现在这个情况来看,这和直接降临到自己头上毫无二致。如果人都死了,那还有谁来伺候自己、拥护自己呢?

铃木把啃得七零八落的苹果扔到客厅里,肚子依然空空的,他开始找寻其他的食物。他把墨西哥人家里储藏的食物都放在了餐桌上,给自己倒了一杯牛奶。一切又回到了过去,得自己做准备了,没有别人给自己上菜了。

"人员都集齐了没?"

"还差两个人。"

屋子外面有人的声音。

铃木赶紧放下食物,朝着大门走去,快要开门时,铃木停住了脚步,他弯腰靠着门开始仔细地聆听着。

"好了,那我先说几句……"

一个充满磁性的男声开始发言,他的发言不紧不慢,条理清晰,逻辑分明,显然是一个领导者。

铃木躲在门后面,汗从腋下和背后沁出,他大口大口地喘气,心脏怦怦地跳动着。

原来是这样!原来一切……

铃木觉得这次是最后一次,真正的最后一次了。

十二

"伊春树教授,那里的情况怎么样了?"

杰森·内特罗斯懒洋洋地躺在了瓜达尔卡纳尔岛南岸的海景房里,眼前是碧蓝的海水和一望无际的天空,他的肚子上有一条肉眼难以辨别的细线,这是前几天肝脏移植手术后的可吸收缝合线。

"杰森,一切都在计划里,夏威夷基地、新加坡基地、横须贺港口那霸基地的军队都已经不复存在了,第七舰队和第五舰队现在都老老实实地待在了太平洋底,印度洋和地中海那边的情况也……"

"伊春,我说的不是这个。"杰森摸了摸圆滚滚的肚子,"我是说我的那些宝贝们。"

"詹姆斯,你和内特罗斯说下吧。"伊春树把全息摄影投射的位置让给了一个中等身材的白人。

"内特罗斯先生你好,我是詹姆斯。"詹姆斯朝着杰森点头致意,"遵照您的旨意,第一批次的目标都已经筛选完毕了,等待您的检验。"

"让我看看。"

"好的,稍等。"

全息装置投射出了另外一幅景象,一辆辆满员的大巴士正开往机场。在机场中央,从远处看,一群群穿着皮衣皮裤、着装暴露的人形队列正秩序井然地走向登机电梯。

"内特罗斯先生,这是加州组的,她们会在明天上午在瓜岛的新亨德尔森机场降落。拉斯维加斯组的会在明天下午到达,德州组的会在……"

杰森·内特罗斯听着听着睡着了,他的嘴角露出了满意的微笑。

"爸爸,洛杉矶的伤亡似乎有些厉害。"

"有多厉害?"

"我们马上就能看到了。"

美由纪和伊春树并排坐在飞行舱室里面,简洁的斜面操纵屏上显示着各种各样的参数。前挡风玻璃外可以看到正在燃烧的洛杉矶市,而飞行舱室外上下左右都是飞行怪物,它们负责为母机护航。

"19年前的那天晚上,山庄也在燃烧——"伊春树喃喃自语。

"城区里面的死亡率为 99.99%。"

"飞进去看看。"

盘旋在洛杉矶的上空,地面上的大火连成了一片,街区和街区之间是由一片片的死尸连接。

"太平洋沿岸的城市都已经被占领,东部城市里,纽约已经不复存在,五角大楼的所有人员已经被扣押,等候发落。"

伊春树看了看奄奄一息的城市,忽然想起什么似的转头对着美由纪说:"你的丈夫在这里吗?"

"他啊,他应该就在那幢楼里面。"

美由纪指着洛杉矶中心高楼群里面最高的那幢,"泛美生物遗传技术公司"这几个字母残缺不全地贴在了大楼上。

"你不救他?"

"这些怪物都是他造出来的,死在自己的产品手里也算是死得其所。"

"不留恋吗?"

美由纪摇了摇头。

"我对他没有一丁点的感情。"

"美由纪,这点你很像我,一点也不像你的母亲。"

伊春树的脸变和缓了许多。

"妈妈是什么样的?"

伊春树凝视着美由纪好一会儿。

"她除了和你长得很像外,其他都不像你。"

"我还不知道她长什么样呢。"

"如果你想见到她,你就照照镜子。"伊春树深情地看了美由纪一眼,"我们去山庄吧。"

"这个国家,需要改变,从上至下的改变,今天是一个契机,一个堪比法国大革命的契机。"伊春树看着草坪上一个个被绑得严严实实的人,"我不是为了复仇,我是为了这个国家的前途,阶级固化已经深入到了骨髓,整个社会已经病入膏肓,一切亟待改变。你们,就是病根祸源。"

这些被绑得严严实实的人是总统、副总统、联邦政府各部长、各州州长、参议员、众议院,还有背后控制整个国家的金融巨擘、商人大贾。

"我现在作为临时法官,宣判你们全部死刑,并且立即执行。"

草坪上出现了骚动,被绑的人们发出"呜呜"声在抗议着,然后一个个地被押送带走了。

伊春山庄的遗址已经19年没有人类的踪迹了,杂草丛生,上午才开辟了一块草坪进行刚才的宣判。

美由纪从远处的橡树下走了过来,她来到了父亲身旁。

"爸爸,结束了吗?"

"没有,伊春帝国的重生才刚刚开始,未来的地球将由我来接管,一切都井然有序,生命不再死亡,人们各取所需,不再会有灾难。"伊春树望着连绵起伏的山岗,"不过在这之前,我要告诉你件事情。"

他从上衣口袋里取出一张照片，照片有点发黄。

美由纪接了过来，照片上面是一张自己的正面像，可是她不记得自己在哪里见过，因为这种非常古典的礼服自己长大后从来没怎么穿过。

"爸爸，这是我的照片？"

"不，这是你母亲。"

"你说什么？"

"你的母亲乳腺癌晚期死了，你是她的克隆。"

美由纪用难以置信的眼神盯着这张照片。

"她没有办法生育，后来又罹患了乳腺癌晚期，当时的技术我没法救他。不过你放心，我已经将你的基因在胚胎时期就利用逆转录病毒改造过了，你只是和她长得一样而已。"

"爸爸，我是你的女儿，又是你的妻子？"

伊春树露出了一丝微笑。

"你只是我的女儿。"

十三

　　铃木穿上了一件军人的制服，套上黑色针织面罩，戴上军用防风眼镜，最后戴上钢盔，绑紧扣带。他从尸堆里面选了一把M4A1步枪，装了好多的弹夹在身上。从街边破损的橱窗玻璃里看，现在自己是一个全副武装的士兵。

　　离刚刚躲在墨西哥人家里面听到的那段不可思议的讲话过去了大概有三个小时，铃木依然沉浸在刚才的震惊里面，他漫无目的地开着车在尸横遍野的街上游荡，这时肚子咕咕叫了起来。他端着步枪下了车，走进一家街边的中餐馆，餐厅里面和餐厅外面的马路同样一片狼藉，餐桌旁各式各样的尸体，餐桌上的菜肴看上去仿佛刚刚端上来一样，反射着油水的光泽。铃木尽量不去看这些倒胃口的画面，而是直接走进了后面的厨房。

　　厨房里有很多还未上桌的餐肴，铃木把那些鸡鸭鱼肉端到了自己面前，他拉下口罩，拿起一个鸭腿就啃了起来。鲜美的鸭肉进入空荡荡的胃里引来阵阵满足感，然后他左手拿着鸭腿打开冰柜，右手拿出一瓶可乐，咕噜咕噜大口喝着。

他回想着刚才那段讲话，忽然觉得眼前的一切都非常可笑，这些山珍海味、美酒佳肴如同海市蜃楼，然后他又想了想以前自己做的事情，记忆互换原本是自己的得意之作，现在看来根本不值一提。他喝了口可乐，把啃完的鸭腿放下，接下来开始进攻白切鸡。

砰！砰砰！

外面传来枪声，铃木警觉地放下筷子然后拿起步枪，慢慢移动到了餐馆里。

一个士兵在马路上没命地奔跑，铃木看着这个士兵，一个计划在头脑中一闪而过，千钧一发之际他做出了自己的决定。

"这里！快！"

铃木站在了门口招呼着那个士兵，那个士兵看到了之后朝着中餐馆的方向飞奔。地面上出现了一个巨大的阴影，是怪物的巨大翅膀，阴影越来越大，在怪物出现的一瞬间，士兵跑了进来。

一阵巨大的风刮了进来，铃木拉着士兵朝着厨房跑去。

这次铃木没有再四处找地下室，因为刚才在吃饭的时候他已经看到了，他领着士兵打开地下室的门，关上后锁好。

外面是狂风暴雨般的肆虐声，好像超级龙卷风扫平了平原上的一切，地下室的门也被撞了好几下，铁门甚至被撞变形。铃木和这个士兵屏气凝神一动不动，静静地等待着外面的声音逐渐消沉下去。

过了很久很久，终于没有声音了，只剩下两个人的呼吸声。

"谢谢你帮了我。"

这个士兵拍了拍铃木的肩膀。

"你是……女人？"

"怎么了，女人不能参军？"

铃木看不清对方长什么样，只是从声音上面判断出绝对不是男人。

"当然不是。你和大部队脱节了？"铃木试问到。

"不是脱节了，是死光了。"

"真是糟糕的一天。"

"没错，才降落了两小时就只剩下我一个人——你呢？你怎么样了？"

"和你一样。"

"你是哪个部队的？"

"第3师的。"铃木回答得很迅速。

"真巧，我也是，我叫凯瑟琳。"

"我叫伍兹。"

铃木和凯瑟琳握了握手。

"你是哪里人？"凯瑟琳问道。

"我住在旧金山。"

"我也住在旧金山。"

"真巧，你住哪里？"

"新斜街。"

"我也在新斜街，说不定我们以前见过。"

"你住几号？"

铃木和凯瑟琳很热络地聊天，原来两个人只隔了4个街区。

"对了，我们还不知道对方长什么样呢？"凯瑟琳声音很亲切，"也许真的打过照面。"

"这里实在太暗了，否则我们能看清楚对方。"

"这样待着不是办法，我们出去？"

"那个怪物说不定还在。"

"赌一把。反正是来玩的！"

听到这一句，铃木的第一反应竟然是很高兴，他觉得遇到这个女人说不定是天赐良机。

"好的，赌一把。"

铃木把地下室的门轻轻打开，留出一个门缝，他凑上眼睛朝外看去，厨房已经没有了厨房的样子，一根水管破裂了，在朝着上方喷水。

"怎么样？"

铃木把门又打开了点，现在可以清楚地看清外面了。

"好像走了。"

铃木把门完全打开，地上都是散乱的食材。两个人走出了地下室，站在了被折腾得不像样子的厨房里。凯瑟琳把钢盔摘了下来，然后是护目镜和口罩，长长的金色头发"唰"地一下展了开来。

"喂，轮到你了，让我看看你长什么样子？"

铃木也照样露出了自己的头。

"华裔？"

"对，对，华人后裔。"

在铃木看来这张脸是典型的白种人眼里的漂亮女人，小麦色皮肤，方方正正的脸，坚毅的下颌，灵动的眼睛，上翘的鼻子。

"接下来你有什么打算？"凯瑟琳发问。

"找到其他人，然后把怪物消灭掉。"

"听起来很轻松，不过现在看起来似乎很难做到。"

"有那么丰厚的回报你难道不想吗？"

"我当然想。"凯瑟琳边说边扎起自己的头发，"可是怎么才能消灭那些怪物呢？"

铃木看着凯瑟琳，脑子开始不停地运转，他的手摸了摸一侧裤子的贴身口袋里的针管，里面有足够让人昏睡高达72小时的催眠剂硫喷妥钠。

"怎么样，想了那么久想出来了没？"凯瑟琳歪着头看着铃木。

"我知道第27旅在城市的另一侧，我们可以开车去找找他们。"

"你有车？"

"是的，一辆不靠电驱动的，找了好久才发现。"

凯瑟琳低头想了一会儿。

"听上去想法不错，不过万一我们在外面被怪物截和了那就前功尽弃了，现在移动的车子可是很大的目标。"

铃木已经慢慢地靠近凯瑟琳，右手悄悄地拉开了裤子一侧的拉链，凯瑟琳还在低头沉思中，眉头皱紧。

"我觉得我们应该——啊——你——干什么——"

铃木把针头深深插进了凯瑟琳的头颈里。

"你——要，要——"

凯瑟琳的手下意识地护住自己的头颈，铃木的手一直没有放松，直到她跌倒在了地上。他把针头拔了出来，双手搭住凯瑟琳的腋下把她拖出了店铺。沿街有一辆老式的小轿车，铃木把凯瑟琳在后座安顿好，接着自己坐回了驾驶室。金色的秀发遮挡在了凯瑟琳的背上，浅浅的呼吸伴随着身体上下的起伏，铃木心里为凯瑟琳感到了一丝惋惜，当然也就是一瞬间的事。

十四

祁龙已经快一天滴水未进了,他被压在了砖石下面,无法动弹,口干舌燥,胃里面空空如也。他现在只有一个想法,活下去,只要活下去,即使是瘸腿也行,可是残酷的现实告诉他,他的结局只有压在这堆石头下面慢慢饿死。在祁龙看来,这是比所有死法都要可怕的死法,这是一种失去尊严的死法,一个人慢慢消耗自己身体储存的糖分、脂肪,最后是蛋白质,接着脱水休克,祁龙无法接受这种侮辱式的死法。他曾是一个万人之上的领导者,一个科学界的先锋使者,一个消灭疾病的救世主,可是竟然会面对这种结局。

光线从缝隙里面投射进来,是早晨金黄色的光芒。灰尘在祁龙的眼前形成了丁达尔现象,微小的颗粒宛如星辰在银河里面飘浮。

祁龙开始回想起自己过去的辉煌,他强大的科技帝国。自己的势力渗透入了整个国家的医疗系统和生物行业;从政界到商界，无数的上流社会人士向自己表达了敬意，连国防部也时不时"窃取"点自己的科研成果。因为这一切都是构筑在自己超强的业务能力和天才般的大脑之上。他的部下都曾是忠心耿耿的"奴仆"，他的妻子是装点自己门面的"花瓶"，他认识的女人是自己权力的"战利品"。现在"奴仆"叛变了，"花瓶"在"奴仆"的怀里，自己成了一个残疾人。

命运之神是那么变幻莫测，先将一个人捧得如此之高，然后无情地让其坠入深渊。

这个时候，一阵脚步声打破了原先的沉寂。

"A小队已经在预定地点集合，完毕。"

"收到。"

祁龙听到了废墟外面无线电对讲机的声音。

"好了，现在我来简单汇报一下情况——"

"喂！！救救我！救救我！！"

救命稻草出现了，祁龙使出全身力气大声喊叫。

"有声音，有人在叫，乔治，你听到了没？"

"对！是我在叫！在这里。"

祁龙用手疯狂敲打着压在自己上面的呼吸机外壳，发出了"砰砰"声。

"我也听到了，好像在这个下面。"

"在这里！！！"

光线被黑影挡住了，祁龙看到了一只蓝色的眼睛。

"有人吗？"

"在这里！在这里！"

祁龙又开始敲了敲呼吸机。

"这里有个人。"

"别管他了。"

刚才第一次出现的声音说道。

"快救救我！！"

"别管他了，杰克。"

"浑蛋！快救我出去！！"

"我来和他说。"

一阵脚步声。

"你知道你上面压了多少东西吗？"声音里面满是嘲讽，"我们没有工夫，也没有能力把你救出来。"

"我是祁龙，泛美生物遗传技术公司的老板，全世界都认识我，我认识……"

"等下，你说你是谁？"

"我是祁龙，泛美生物遗传技术公司的老板。"

"你怎么会在这里？"

"说来话长，你们把我救出来，我和你们好好说。"

外面一阵沉默。

"他说他是祁龙？"

"真的假的？"

"我们真是交了狗屎运了。"

"说不定是个骗子。"

"不可能，骗子绝对想不出来的。"

祁龙在里面听着外面的对话，有些不耐烦了。

"喂，你们快点救我出去啊！"

"那些会飞的怪物都是你造的？"

声音没有了刚才的轻佻，而是庄重了很多。

"我只是把细胞做出来了，但是这个成体不知道是谁搞出来的。"

"你知道怎么对付这些怪物吗？"

"怎么对付？你们是军队的？"

"我们是……海军陆战队的。"

"你们可终于来了，快把我救出去吧，我已经一天没吃饭了。"

"你有什么办法能解决那些怪物吗？"

"当然，不过你们得先把我救出去。"祁龙飞快地回答。

"他和祁龙长得完全不像啊。"

"长相差得太远了吧，还是个瘸子。"

"果然是个骗子。"

"早知道不救他了，费了我们好大的力气。"

祁龙被一群全副武装，只露出眼睛的军人围着。

"我之所以变成现在这个样子的原因很复杂，我来和你们说。"祁龙坐在了地上,他的全身只有一些擦伤,幸亏倒下的呼吸机挡住了压下来的建筑结构,要不然现在的祁龙已经成了一张饼了,还是抠不下来的那种。

"三天前……"祁龙说。

"我们现在不想听,你告诉我们怎么解决这些怪物。"

祁龙挠了挠头,他其实根本不知道怎么解决。

"这个怪物的细胞是在我的地下实验室里被制造的,如果到我的地下实验室我想就能找出方法了。"

"你说什么?你的意思是不知道?"一个壮硕的军人用枪指着他。

"喂,你别用枪指着我好吗?"

"威廉,你冷静下。"

一个长官模样的军人用手移开了壮硕军人的枪管。

"祁龙先生,你可能不清楚现在的状况,整个旧金山已经不存在了,我们是零散在西海岸的为数不多的单位,现在我们无法联系上友军,外面的情况也不大清楚,所以说状况非常糟糕。"领导者蹲下身子,把枪托抵在地上,"我们的营级单位建制被这些怪物打乱了,现在散落的士兵正在用短波无线电进行通讯,能集合到多少人算多少人。"

祁龙数了数,现在身边一共5个人。

"你们现在打算怎么办?"

"解铃还须系铃人,我们还得靠你来想办法。"

"等等，你们刚才怎么知道怪物是我设计的？这可是国防部的绝密计划。"

五个军人各自互相看了看。

"是亨德森上校说的。"

"亨德森？他在哪里？"

"不知道。"

"不知道？"

"祁龙先生，我们现在就知道这些。"

"真是莫名其妙。"祁龙想了一想，"想要解决这些怪物没有那么容易。"

"我们已经领教了，现在第一旅大概就剩下我们几个人了，其他人都被解决了。"

祁龙看了看周围五个人身上的轻武器。

"你们就用这些步枪对付它们？"

"步枪？我们坦克的炮管都被它们折弯了！"

"十辆坦克都不是一个怪物的对手，常规武器根本对付不了。"

"那你的意思是核武器？"

"核武器说不定能行，但是原子弹在哪里呢？你们又联络不了。"

"那你说这些风凉话干什么？"

祁龙斜扭着头轻蔑地看着那个对自己说话口气一直不大好的士兵。

"好了好了。"军人长官打了圆场,"祁龙先生,现在大家都不好过,部队联络不上,城市都已经成了一片废墟,这些怪物也不知道到底从哪里来的。"

"有可能是国防部造的,说不定他们搞实验的时候不小心把怪物放了——"祁龙停顿了下,"不对呀,我三天前才把细胞和组织给亨德森,三天就能造出来?"

"祁龙先生,现在纠结这些问题已经没有意义了,你刚才说到你的实验室里可能会找到一些方法?"

祁龙想了一会儿说:"我觉得可以试试那个办法。不过在这之前有两个问题,第一我已经一天没吃东西了,第二旧金山离洛杉矶还挺远的,你们打算怎么过去?"

"汉克,先给祁龙先生点食物。"

一个矮小子从背包里面拿出了一袋食物,里面有便利店的汉堡和矿泉水,祁龙一把拿了过来,狼吞虎咽地吃起来。

"现在整个城市都没人了,餐厅里面到处都是食物。"

祁龙专心致志地吃着汉堡,人生第一次觉得这些垃圾食品是那么好吃。

十五

"你和另一个人的意识发生了互换?"

祁龙和五个士兵挤在一辆老式的 SUV 里,车子正行驶在通向洛杉矶的普通公路上。

"是的,我的意识是祁龙,身体却属于另外一个人。"

"这怎么可能?"

五个士兵都被祁龙的遭遇吸引住了,驾驶汽车的士兵时不时回过头来。

"具体的记忆互换原理我一言两语很难说清楚,不过我可以把经历告诉你们。"祁龙开始向这五个人娓娓道来自己的经历,他讲完的时候 SUV 开了大概 20 千米。

"这么离奇的事情我还是第一次听到,这么说来你是从人生巅峰跌到了低谷咯?"说话的是五个人里面军衔最大的,名叫乔治。

"我的人生被他彻底给毁了。"

"他是个怎么样的人？长什么样？"那个叫威廉的军人插嘴道。

"威廉，你刚才没听懂吗？两个人的意识互换了啊，他现在就是另一个人的模样。"

威廉想了半天才反应过来，傻傻地挠了挠头。

"偷梁换柱，这一招可够狠的。"乔治问道，"那另一个叫作什么铃木的人呢？他在哪里？"

"不知道，可能已经被杀死了。"

"很有可能。"

好几个人同时点了点头。

"说不定还活着。"

威廉总是喜欢唱反调。

"还活着？不可能！没死我也得弄死他。"祁龙转念一想又觉得不对，"不，铃木还不能死。"

"为什么？"除了威廉以外的其他人异口同声道。

"他如果死了那我就永远变不回原来的样子了。"

"你的意思是你要找到他？"

"是的，我不但得找到他，然后还得用交互仪把意识再换回来。"祁龙自言自语道。

"这是个不错的想法。"那个名叫汉克的矮小子重重地点了点头。

"一切都得取决于铃木是死是活了。"祁龙现在竟然开始担心起铃木的死活了，可是世界这么大从哪里找呢？

SUV慢吞吞地在沥青马路上朝前开，这是刚才在旧金山市区里面好不容易找到的一辆非电力驱动的车，不知道为什么所有电力驱动的车辆都无法启动。旧金山市里面可以零星见到几个活人，大都躲在了房间里面或者隐蔽处，马路上见到行走的人的机会更是寥寥。祁龙和这五个军人上了车后的目标很明确，直奔位于洛杉矶的泛美生物遗传技术公司总部。

　　"我看找到那个人的可能性不大。"叫杰克的瘦高个儿摇了摇头看着祁龙。

　　"只要我没见到铃木的尸体，就说明他还在。"

　　祁龙想起了铃木之前对他说过的一句话，他说美由纪给他做了午饭，所以铃木现在最有可能是在森林别墅里。

　　到达洛杉矶时太阳已经过了最高点，城市里面有零零散散的人出来活动。人们的眼睛里面唯有木讷，SUV驶过他们身边时他们只是瞟了一眼，然后继续漫无目的地行走。满街的尸体散发着腐臭，食腐飞虫在空中盘旋飞舞，老鼠在街道上窜来窜去。

　　车子在高耸的泛美生物遗传技术公司的总部大楼门口停了下来，地上满是一具具穿着西装和制服的尸体，装饰性的雕像残缺不全地耸立在门外，玻璃碎片满地都是。这里是祁龙的骄傲，曾经的骄傲。过去他走进这个摩天大楼就是走进了他的独立王国，他拥有着绝对的权威，可以随意发号施令，支配每一个员工的未来。作为整个洛杉矶最高的建筑，他建立的生物技术帝国和这个建筑一样俯视群雄，现在这幢大厦仿佛失去了灵魂，外墙破损不堪、满目凋零，公司的标志性图案七歪八扭、残缺不全，眼前的一切就和他残缺的身体一样，昨日不再。

祁龙坐在车子里，脑中浮现出了过去自己挥斥方遒、一呼百应的神气模样，他越加憎恨起铃木来。祁龙要找到他，同时又不希望他死，这样的矛盾心理从刚才一直延续到了现在。五个军人都已经下车了，在等待着他，可是祁龙现在一点也不想去自己的地下实验室，他想马上动身去森林别墅，他觉得铃木一定躲在那里。

"祁龙先生？走吧。"

五个人端着枪，一字排开看着车里的祁龙。

"不行，我必须找到铃木！"

"这个问题刚才都说了多少遍了？你去哪里找？"乔治说道。

"在森林别墅里，他就在里面！"祁龙大声说，"找到了他我还得去趟旧金山，得把意识转换的原理手稿带上，然后带着铃木再回到这里，把记忆转换回来。"

"祁龙，你要知道，我们的车子能顺利开到这里就已经是万幸了。按照你所说的计划，你很有可能在任意一个旅途上被怪物杀死。"乔治抱着枪，语气沉着而冷静。

"说得没错，还是先想办法找到解决怪物的方法，以后你有的是时间去找那个什么铃木。"

"是啊，我们没人愿意陪你去，而且你这个样子能开得了车吗？"

祁龙把拐杖扔到了一边。"我就用左脚开车！"

"就算开车找到了那个人，你单枪匹马能把那个人给带回来？"

祁龙不甘心地看着自己残疾的身体，难道就这么让时间一点点地流逝下去？铃木会不会带着美由纪远走高飞呢？还是两个人老老实实地待在别墅里？别墅里面囤积着足够的必需品，不远处的农场提供着食物，他们可以过着自给自足的生活，一起吃饭、散步、说话、睡觉，睡觉？有冲击力的画面又一次出现了，祁龙感到自己的妒火在燃烧。

"我把东西做出来了之后，你们必须陪我找到铃木，否则我今天不去实验室。"

"谁知道你做得出做不出呢？"威廉头一个发言。

"威廉，你消停点。"乔治埋怨了句，"祁龙先生，我同意你说的,只要你能制造出来解决怪物的药,我们就带你找那个人。"

乔治走向SUV打开着的侧门，把拐杖捡了起来，递还给了铃木。

"你们五个人都得跟着我去找。"祁龙大声说道，以便让五个人都听见。

"凭什么？"

"真是自说自话，你什么都没做就狮子大开口。"

除了乔治和汉克其他三个人都开始流露出不满情绪，乔治回头用手势让大家安静。

"没问题,但是如果你骗我们的话后果你自己负责。"

祁龙用拐杖撑起自己。

"还不知道是谁骗谁呢?"

就这样,六个人走进了底楼的大门。

"一共多少层啊?"

"10层。"

"10层?地下室修了10层?"

"感觉我们是在通往地狱的路上。"

漆黑的安全通道里被夜视灯照出轮廓,6个人在通往地下的回旋通道里朝下走,祁龙拐杖的敲击声尤其响亮。

"连电都没有,我看是不大妙。"威廉嘀咕道。

祁龙不慌不忙地扶着扶梯下楼,有光从下面漏了出来。

"当初造这个实验室的时候我把各种情况都考虑过了,就算遇到原子弹也毫发不损。"

到了地下10层,威廉和杰克把露出了点光亮的双开门拉开,耀眼的光一下子照亮了回旋通道。

"跟我来。"祁龙头一个走了出去,因为这是他的"地盘"。

走过长长的通道,拐过了几个弯后,出现了一个类似地铁站台的大厅,视野一下子变得宽广起来。紧贴大厅的右侧,一条由圆形玻璃外壳包裹住的通道贯穿前后,每隔一定的间距设置了一个自动双开门,透过薄薄的玻璃看得见里面的轨道,在圆柱形玻璃外壳的上侧赫然印有泛美生物遗传技术公司的商标。

祁龙拄着拐杖走到玻璃外壳边，把手五指张开贴在了玻璃外壳上。

"身份确认，铃木透夫。"大厅里面出现一个低沉的女声，"列车启动。"

话音刚落，隧道的一侧出现了一丝光亮，光线越来越强，照亮了管道内的轨道，很快一辆子弹头型连体列车缓缓停在了祁龙面前。三声电子鸣叫声响起，玻璃外壳的自动双开门打开，列车内部在车厢内的日光灯照射下显得一览无遗。

五个士兵一动不动地看着这趟列车。

"祁龙，你说的实验室呢？"威廉的大嗓门在列车大厅里面显得非常洪亮。

"列车会带我们去。"

祁龙扶着打开着的列车门，看着他们。

"快上车啊！"

五个人里乔治慢吞吞地先动身，另外三个也紧随其后，就剩下威廉还站在原地不动。

"乔治，我不相信这个瘸子。"威廉用枪指着祁龙。

"威廉，说好大家一起行动的。"汉克用自己稳重的声音埋怨道。

"你说什么？"威廉把枪口指向了汉克。

"好了！威廉！如果你不愿意下去那你就在这里待着。"

"乔治,别一直用这种口气和我说话。"

祁龙看着乔治和威廉的对峙,感觉有些可笑,他悄悄地对汉克说:"你们军队里面的下级就这么和上级说话吗?"

"祁龙先生,你以后就会知道的。"汉克也悄悄地在祁龙耳边耳语回应。

"那就这样,威廉留在这里,等我们回来;祁龙先生,我们走吧。"

"这样对大家都好。"祁龙拄着拐杖,朝车厢内部走去。

五个人都躺上座椅扣好了扣带后列车开始启动了,那个让祁龙讨厌的威廉飞速地朝后移动。

"注意,列车开始下降。"

话音刚落,祁龙感觉瞬间被抛向了上空,自己和椅背的接触感消失了,整个人就像悬浮在了空中,完全就是乘坐过山车垂直向下俯冲的感觉。

"我说,现在这个情况正常吗?我感觉我都快飘起来了。"乔治的声音有些颤抖。

"完全正常,我们很快就到了。"

悬浮的感觉越来越小,和椅背接触的感觉渐渐回来了,等到列车再一次减速停止时,祁龙已经把扣带给解开了。

"好了,各位,地下实验室到了。"

四个士兵还沉浸在刚刚过山车般的体验中,祁龙赶紧把车门打开,因为他看见了车外熟悉的人了。

"喂，海波斯！海波斯！"

祁龙不等车门打开就大声对着不远处一个高大的身影喊着。

"海波斯！是我！"

泛美生物遗传技术公司地下车站的天花板简直有七层楼那么高，四周墙壁漆成了金属黑色，离开水泥站台区域后地板变成了钢板，脚踩在上面发出"咣咣咣"的声音。

"铃木？"

祁龙一瘸一拐地快速走向那个熟悉的身影。

"铃木？你怎么来了？"一个身材魁梧、穿着警服的南美混血男子站在了祁龙面前。

"海波斯，我是祁龙，我是你老板，我知道这一切很疯狂，不过我得告诉你，我是祁龙，你的老板，铃木那个浑蛋他……"

"铃木，你在胡说些什么，老板就在里面啊。"

"你说什么？"祁龙抓住海波斯的肩膀，把他的肩章都捏皱了，"那个浑球就在里面，太好了，抓了个正着——喂！乔治，汉克，还有你们两个，快来，我找到那个浑蛋了！"

"铃木，你疯了吗？"海波斯黝黑的脸上满是问号。

"我没疯，我告诉你吧，铃木那个浑蛋把我和他的记忆给换了，所以现在我是祁龙，他是铃木……"

"铃木，你在胡说些什么啊，你怎么变成这样了？"海波斯摇着头说道，"你知道吗？老板现在处于昏迷状态，急需救治，但是我们这里没有医生，也许你能想想办法。"

"你说什么？昏迷？"

祁龙有些懵，这个时候另外四个人已经走了过来。

"祁龙先生，你刚才在说什么？"

"他不是祁龙，他的名字叫铃木。"海波斯纠正乔治。

"他的记忆被换了。"汉克说道。

"好了好了，这些都已经不重要了，我们走，让我去看看他的情况。"

祁龙一个人朝着路的尽头处的白色小门匆匆忙忙地赶去，身后是面面相觑的五个人。

十六

"铃木,老板是昨天下午一点半的时候来的,那个时候外面已经出事了。老板在计算机房里面待了 20 分钟又出门了,大概 6 点多的时候他带了一个士兵回来,然后两个人就一直待在了这里,我不放心所以一小时前去看了下,然后就变成了这样。"

祁龙站在了熟悉的"宇宙二号"实验场的脑机交互平台间里,看着躺在地上的自己,呼吸和心跳都正常,只是无法被唤醒。

"那个士兵是谁?现在在哪里?"乔治朝刚才讲话的地下实验室副主任麦克雷问道。

"不知道去了哪里。"

"不知道去了哪里?"

"长官先生,这件事说起来非常奇怪,但是整个地下实验室里就是找不到那个士兵。"

"也许那个士兵走了。"

"不可能,想要出去只有乘列车这一条路。"

祁龙的耳边是两个人的一问一答，他的注意力集中在了躺地面上正闭目养神的另一个自己。铃木在耍什么花招？他真的处于昏迷状态？还是他在装死？

"好了，麦克雷，你可以走了。"

祁龙挥手示意麦克雷离开房间。

"你说什么？"

"我说你可以出去了。"

祁龙说话的时候眼睛还在盯着躺在地上的自己。

"铃木，你在和谁说话呢？"麦克雷很生气，"我刚才就觉得你有点怪，是不是外面发生的事情让你性情都变了。"

"麦克雷，如果你还想在我这里干活的话那就乖乖给我出去。"

"你说什么？"

"你现在立刻给我出去。"

祁龙用大拇指朝着大门指了指，眼睛一直没有离开地上的自己。

"你再说一遍？"

"你现在立即给我滚出去。"

祁龙不动声色地斜眼看了看麦克雷。

"你个小瘸子敢这样和我说话？我——"麦克雷挥舞在半空的拳头定格住了，因为汉克把步枪对准了他的头。

"汉克？你？"乔治有些吃惊，但汉克没有回答。

祁龙看到这个阵仗也有些意外，不过他很快又转向了麦克雷。

"出去，立刻。"

麦克雷咬牙切齿地把拳头收了回来。

"如果你不在五秒内滚出这个房间，那我就把你送到地面上，喂给那些怪物吃。"

汉克用枪顶着麦克雷，逼他走出房间，然后把房门关上。

"汉克，你干得不错。"

"谢谢，祁龙先生。"汉克客气地点了点头，压下了枪口。

祁龙蹲下身子，摸了摸自己的额头，又摸了摸脉搏，然后抬头看了看两台脑机交互仪，以及挂着蓝色毛巾的架子。

"万事俱备，只欠东风，接下来得去旧金山把铃木的那个记忆转换的手稿弄回来。"祁龙自言自语道。

"祁龙先生，你刚才答应我们想出解决那些怪物的方法。"乔治说话时叉着腰，语气很平静。

"没问题，不过在此之前，我得把我的身体给换回来。"祁龙侧抬起头，瞟着乔治。

"不，你得先把解决方法告诉我。"

"解决方法都在我的脑子里面。"祁龙指了指地上那颗原本属于自己的脑袋。

"你个骗子，如果不是我们，你早就死在了废墟里。"乔治有些恼怒。

"你们救我，也只是利用我罢了。"

"谁叫你是伊春树的女婿呢？"

"你在说什么？"祁龙敲了一下拐杖。

"我在说什么你自己不清楚吗？"

祁龙迷惑地看着乔治英俊的脸庞。

"你还在装傻？你难道不知道外面的那些怪物都是你岳父和你老婆，哦不，你们三个一起造的吗？"

"你在瞎说些什么？我老婆的父亲十几年前就死了，而且关我老婆什么事？"

"祁龙，你是真不知道还是假不知道？"

"我岳父的事是不是亨德森和你们说的？对，就是他，但是，不可能，美由纪的父亲已经死了，很久很久以前死在了监狱里，对，还是肝癌晚期。"

"好了，祁龙，你也别再装傻了，我也不跟你开玩笑，你岳父不知道什么原因又出现了，他们造了很多很多的怪物，现在美国已经全境沦陷了，总统和各州的州长们昨天下午都被处决了。"

"乔治，你觉得我有这么好骗吗？"祁龙轻蔑地笑着。

"你不相信？杰克，你给祁龙看看那段视频。"

杰克从背包里拿出了一个小型折叠屏，打开一段视频递给祁龙。

"……这个国家需要改变……没有毁灭就没有新生……我从涅槃中重生是要带给这个国家……"

视频里面一个不知从哪里发出来的声音在断断续续地说着什

么，一排被黑布蒙着脸的人反绑在了一片绿色的山坡前，突然间枪声响起，人一排排地倒下。

祁龙起初没觉得什么，慢慢地，他眼睛逐渐睁大。

"这是……美由纪？"

画面逐渐拉远的时候，一个熟悉的背影出现。

"当然，站在她旁边的就是你的岳父。"

祁龙看到他的妻子和一个白发老人肩并肩站了一会儿，然后两人转身面对着镜头走来。

"美由纪？她怎么在里面？这是伊春树？"祁龙冷笑了下，"我看是假的吧？就算是真的，这能说明什么问题？什么乱七八糟的东西。"

祁龙准备把折叠屏还给乔治，但是乔治又推还给他。

"等等，你再看下去。"

远远地，视频里的天空中出现了很多点，这些点慢慢变大，最终形成了一个个怪物的模样，它们大多数降落在了山坡上，有一个全副武装的怪物从天而降，然后恭恭敬敬跪在了美由纪和伊春树的身边。

祁龙把脑袋凑近屏幕。

"这不可能，你……这个视频是从哪里搞来的？"

"这下你终于相信了？"

祁龙双手抓住了折叠屏，拐杖掉在了地上，他跌跌撞撞地靠到了墙壁上，然后没站稳一屁股坐到了地上，他凌乱的大脑里面在拼接着各种记忆的碎片，他想把整件事情的逻辑给整理出来，可是毫无头绪。就算这一切都是真的，他的岳父怎么又复活了呢？这些怪物又是托哪里造出来的呢？美由纪为什么会在里面呢？祁龙根本找不到答案。他忽然又觉得这个视频一定是假的，是特效做出来的，是乔治做的，肯定是他做的。可是他做这个视频目的是什么呢？而且他们早上才第一次见面，怎么可能在这么短的时间内做出这段视频呢？祁龙把这个毫无逻辑的推论放到一边，紧接着另一个推论随之浮现。难道这个视频是真的？一种强烈的背叛感立即涌上心头，视频里面的美由纪好像在对着自己笑，在笑自己现在的处境。她本应该待在家里和自己的丈夫同甘共苦的，但是现在呢？她和她那个不知从哪里冒出来的父亲大开杀戒，逍遥法外，害得自己像个丧家之犬四处躲藏。

祁龙放下折叠屏看了眼躺在地上的自己的身体，觉得自己首先必须要冷静以及恢复理智才行，只有这样才能解决面前的问题，他闭上了眼睛，默念数字来让自己的精神集中。

"好了，祁龙，现在还有弥补的机会，赶紧把解决的方法找到。"乔治蹲了下来，不耐烦地把折叠屏从祁龙手中抽走。

"不行。"

"你说什么？"

祁龙睁开眼睛。

"不行，我必须先把身体转换回来。"

祁龙抬起头看着乔治，语气异常坚定。

"祁龙，我刚刚的话白说了吗？"乔治已经有些不耐烦了。

祁龙拿起拐杖迅速地起了身，朝着关着的门的方向走去，这时乔治堵在了他面前。

"你想去哪里？"

"你让开。"

乔治高大的身躯像堵墙一般横在了祁龙面前。

"你给我让开！"

祁龙想推乔治的身体，可是乔治一动不动。

"你想去哪里？"

"旧金山，把手稿拿回来。"祁龙和乔治贴身面对面。

"你现在哪儿都别想去！"

"滚开，不把我身体换回来你别想知道解决方法！"

祁龙恶狠狠地看着乔治，他觉得自己的身体换回来后肯定能把他揍翻在地。

"乔治，祁龙先生。"一直站在旁边看戏的汉克忽然开口了，"也许大家退一步会更好些。"

祁龙和乔治同时看向了汉克，那张稚嫩的脸上没有了刚才枪指麦克雷时的凶狠。

"汉克，你今天是怎么了？"乔治的口气半奇怪半愠怒。

"我只是觉得这样针锋相对下去对双方都不怎么好。"

"那你出个主意来。"

"我想祁龙先生是真的很想换回自己的身体，乔治，如果换作是你，你也会做同样的选择。"

祁龙用钦佩的眼神看着汉克。

"我想祁龙先生也得理解我们的处境，外面风险太大，不可能像刚才那样暴露自己那么长时间。"

乔治的眉头也渐渐舒展开了。

"所以我想，祁龙先生是不是能找个其他办法来找到那个记忆置换的原理之类的手稿，我是说会不会存储在了什么电子设备上之类的。"

"电子设备上？"祁龙问道。

"我只是随便瞎猜的。"汉克耸了耸肩膀。

祁龙看着两台交互仪，房间一侧的计算机，仔细想了想自己是如何在这间房间里被身处旧金山地下室的铃木进行了记忆转换。

"也许可以试试这个办法。"

祁龙拄着拐杖来到了计算机前，启动机器，然后在搜索栏输入了和记忆置换有关的"海马蛋白磷酸化""微电流交互"等关键词，很快一个命名为"记忆置换备份"的文件夹跳了出来，里面有很多阅读文档。

"果然这里有。"

祁龙打开了其中一个文档，仔细地阅读起来。

四个士兵围了过来，看着屏幕上面天书般的文字与图画。

"几乎一模一样，铃木这浑蛋胆子够大的，把文件都留在了这里。"祁龙自言自语道。但他仔细一想又不对，铃木不是这样的人。他把这些东西留下的原因只有两个：要么这些东西不重要，要么有比这个东西更重要的事。到底能是什么事呢？祁龙越来越觉得这世界不可理解了。

"上面写了些什么？"四个士兵中的一个人问道。

"你们等会儿就知道了。"

祁龙把记忆置换的程序载入到了脑机交互仪终端上，同一时间房间中央的两台脑机交互仪启动。祁龙看了看四个一脸空白表情的士兵，好像是在看一群幼儿园里的小朋友，他慢慢起身，双手拄着拐杖。

"汉克，我得好好感谢你，不过如果你能帮我把地上的我搬到那个交互仪里面的话，我得感谢你两次。"

汉克二话不说放下枪，走到躺着的那个祁龙跟前。

"乔治，杰克，路易斯，快来帮我一起扛。"

汉克挥手示意大家一起来。

"汉克今天是怎么一回事？"乔治、杰克和路易斯三人嘟囔着朝汉克的方向走去。

祁龙穿上感受衣，戴上头套，然后坐在了蓝色的"浴缸"里。

"怎么样，都弄好了吗？"

"搞定了。"

另一个自己已经被穿戴好躺进了蓝色的液体里。

"祁龙，不会出什么差错吧。"

"放心，乔治。"祁龙边摆正自己的头套边说，"汉克，交互仪启动之后你点击一下电脑里面的那个确定按钮就行了。"

汉克比了一个"OK"的手势。

祁龙让自己顺势躺进了蓝色液体里,眼前又变成了一片蓝色。上一次进入"宇宙二号"好像是很久之前的事情了,其实也就不到一个礼拜。这一个礼拜,自己从神坛跌落到了谷底,经历了这么多受尽屈辱和匪夷所思的事情,若干年后回过头来看,说不定只是饭后笑料罢了。祁龙调整了呼吸,他尽量让自己的思绪放空,准备迎接自己的重生。

"宇宙二号,启动!"

十七

祁龙睁开了眼睛。

视野里面一片蓝色,他第一个动作就是摸了摸自己的右腿。

粗壮、有力。

然后他又摸了摸自己的左腿,同样粗壮、有力。

他双肘用力让自己坐了起来,蓝色的黏稠液体在前方头套的玻璃上留下了液体的流迹。眼前出现了一个人,然后是两个人,最后是四个人,有人扶住了自己。

祁龙把头罩取了下来。

"祁龙……先生?"

祁龙认出了汉克,然后是乔治,以及杰克和路易斯,这四个人的脸都很惊讶。

"怎么了?都不认识我了?"

祁龙从"浴缸"里一跃而起,蓝色的液体溅到了每个人的身体上。他站着,双脚感受到了无穷的力量,他抬起左脚,右脚有力地支撑住了自己，然后他迈开步子，光着脚走向了通往浴室的门。做自己的感觉真好！

"祁龙，你这是去哪里？"

乔治的疑问并没有让祁龙停步。

"去洗个澡。"

浴室的镜子里面出现了一张熟悉的脸，30岁左右相貌英俊的脸，浓密头发，卧蚕眉，棕色的瞳孔，高挺的鼻子，唇红齿白，还有一个长出硬茬胡子的下巴。

回来了，一切又回来了，祁龙重重地敲了一下墙壁，手上传来一阵剧痛，这是真正自己的身体传来的剧痛。他把感受衣脱了下来，打开淋浴头，让热水冲刷着自己久违的躯体。

"祁龙，你还好吗？"

乔治的声音从外面传了进来。

"我很好，一切都很好。"

祁龙看着自己壮硕的身体，自信心好似摔碎的花瓶倒放一样重新复原。外面发生的一切如同小菜一碟，接下来他要搞清楚这些怪物到底是从哪里来的，伊春树和美由纪又是怎么一回事，然后他要找出办法消灭那些怪物，让洛杉矶重新恢复生机。

不过在做这些之前还有一件更重要的事。

祁龙拿着浴巾擦着自己的身体，走出了浴室，他首先走向了另一个交互仪。铃木的身体躺在蓝色的液体里，这个恶心的肉体自己竟然不幸使用了好几天。他把头套解开，铃木的头由于重力的原因低垂着，眼睛闭着，身体还有温度，脉搏和呼吸也很正常。

"喂！铃木！"

铃木没有丝毫反应。

"瘸子！别装了！"

祁龙抓着铃木的头发使劲扯了扯，但是情况依然如故。

"妈的，还在装睡。"

祁龙放手让铃木的头撞在了交互仪的塑料边缘上，接着他打开了交互仪边上的呼叫装置。

"麦克雷，叫海波斯来我这里，马上！"

"老……老板，你醒过来了？"

"是的，叫海波斯快点来。"

"好的，我马上叫他。"

关了呼叫机，祁龙神情轻松地靠着交互仪坐着。

"祁龙先生，你真的把记忆换回来了？"汉克小心翼翼地问道。

"当然。"

汉克欲言又止，乔治插话进来。

"祁龙，既然你已经换回了自己，那……"

"乔治，你放心，我答应的事情绝对不会食言。"祁龙噘起嘴摸了摸自己的下巴。

"那你告诉我现在该怎么做？"

祁龙摸着自己的下巴思索着，细胞和组织样本已经全部都给了亨德森，这里连一个细胞都没有剩下，真是巧妇难为无米之炊。

"早上的时候你不是说你有办法吗？"乔治有点不耐烦，"到底是什么办法？"

"解偶联剂。"四个字像云絮般轻飘飘地从祁龙口中说了出来。

"那是什么东西？"

祁龙抱起双手，这是他在讨论科学问题时常会做的动作。

"一种能抑制偶联磷酸化，使呼吸链中电子传递所产生的能量不能用于 ADP 的磷酸化……"

"祁龙，你，能不能说人话？"

"跟你们这群普通人说话就是费劲。"祁龙无奈地松开双臂，然后让双手反撑着自己。"那些怪物的能量和营养的来源靠的是叶绿素和氮化器，我们只要把这两个生成能量的机器阻断，就如同把人隔绝了空气一样，这些怪物就只有等死的份了。"

"你刚才说的解偶联剂就是这个作用？"

祁龙点点头。

"不过现在有个技术上的难题。"

"什么难题？"

"就是——"祁龙忽然不说话了，低头看着自己屁股下面的交互仪。

"喂，什么技术难题？"

这个时候，大门开了，门外面站着的是拉丁裔的警卫海波斯。

"老板？太好了，你终于醒过来了。"海波斯直奔祁龙而来，一把抱住了比自己身材小了一圈的祁龙，"我可担心死你了。"

"没事，海波斯，没事。"祁龙拍着海波斯的肩膀。

"老板，到底发生了什么事？"海波斯的眼睛里面竟然有点泛光，他原本是个第三腰椎以下完全瘫痪的退伍陆军助理护士，也是第一个用泛美生物遗传技术公司的克隆脊髓置换术治愈的病患，所以他一直视祁龙为自己的救世主。

"海波斯，这件事说来话长，你现在把铃木安置到4号病房里，严加看护，同时不能告诉实验室的任何人。"

海波斯如同捣蒜般点着头。

"你以前不是当过护士吗，你现在把人一天需要的糖分、蛋白质、电解质和维生素的量都算好，用输液的方式给铃木维持营养，同时给铃木做一个头颅磁共振成像，做完就把结果发送给我，明白了吗？"

"明白。"

"记住，不能让实验室其他人知道，只有你我。"祁龙瞄了眼四周，"当然，还有他们四个。这件事情很紧急，现在就去。"

海波斯二话不说把铃木的躯体从"浴缸"里面拖了出来，祁龙把蓝色毛巾扔给海波斯，他快速地擦干净后用肩膀架起铃木。

"海波斯，别让实验室其他人看见。"

"老板，你放心。"

"海波斯，还有件事，你在部队待过，你看外面的四个人，是军人吗？"

"老板，我正要跟你说，他们不是，我肯定他们不是军人。"

军人不这样的!军人对上级不这么说话,军人做事不这么随意。"

"好了,我知道了,谢谢你了。去做事吧!"

"老板,你说的是什么话,还用说什么谢。这都是我应该做的。"

说完,海波斯像扛木头一般扛着铃木的身体走出门。

"祁龙,你刚才说的难题到底是什么?"乔治不等大门重新关上就发问。

"有个办法可以解决这个难题。"祁龙重新走到交互仪前。"但是我得到'宇宙二号'里去一次。"

"那又是什么玩意?"

"就是像刚才一样套上个头套躺在里面。"祁龙指了指蓝色的液体。

"又要躺进去?你是又要换意识?"

"当然不是,我是到这里面设计解偶联剂。"

"祁龙,你又在耍什么花样,这个仪器到底是干什么用的?"

"看来又得费我一顿口舌了。"接下来祁龙把"宇宙二号"的来龙去脉对着四个人讲了一遍。

"乔治,这不就和我们一样吗,我们也是——"路易斯很兴奋地喊了出来。

"路易斯,你给我闭嘴!"乔治很惊慌地朝路易斯吼了一句,路易斯也马上闭上了嘴。

"什么一样的?路易斯,你刚才说什么?"祁龙被乔治的吼声吓了一跳。

"祁龙先生,进入了这个'宇宙二号'里就和现实世界一样了对吗?"汉克的提问把祁龙的注意力引开。

"对,一模一样,我可以在里面做虚拟实验,我想很快就能找到那个解偶联剂。"

"那事不迟疑。"

"对,得赶紧造出来。"乔治说话的时候瞪了路易斯好几眼,不过祁龙没有注意到。

"真是麻烦,刚刚洗了个澡,现在又得穿感受衣了。"

五分钟后,祁龙又穿戴整齐,戴好头套,浸没入了蓝色的黏稠液体。

"宇宙二号,启动!"

……

一个庞大的正立方体三维空间出现了,祁龙悬浮在正中心。

"给我一块 MON 上皮组织,大小 10 平方厘米。"

一个卵圆形的透明蠕动组织浮现出来。

"显示叶绿器以及氮化器。"

绿色和棕色的荧光点在透明组织里面闪烁,绿色代表叶绿器,棕色代表氮化器。

"给我植物解偶联剂 TQ 的蛋白三维结构。"

一个巨大的蛋白质三维结构图出现在了面前,接着祁龙飞速地替换了蛋白质上面的单个氨基酸,并改变了其三维结构。

1分钟后，一个全新的小分子蛋白质构建完成。

"实体实验开始。"

一个飞行怪物在左上角出现，然后张牙舞爪地绕着祁龙盘旋。

"使用TQ-2解偶联剂。"

黄色的解偶联剂射向了那个怪物，但是没有造成怪物任何伤害，它依然在匀速盘桓。

"重新构建。"

……

"使用TQ-16解偶联剂。"

……

"重新构建。"

……

"使用TQ-25解偶联剂。"

黄色的解偶联剂射向了那个怪物，怪物在2秒内停止飞行，接着皮肤出现变黑迹象，4秒后身体蜷缩，15秒后生命体征消失。

"成功了。"

祁龙保存TQ-25解偶联剂的分子结构以及编码的DNA碱基序列，时间才刚刚过去大概30分钟。

"芝麻开门！"

祁龙回到现实世界，他起身脱掉头套。

"怎么样？"乔治扶着祁龙问道。

"你们的子弹能拆吗？"

"什么意思？"

"我找到那个解偶联剂了，但是得有个载体帮助才能够打到怪物的身体上。"

乔治想了想。

"可以，我们有足够的催泪瓦斯弹，可以自由拆卸。"

"那就好。"

"对了，解偶联剂呢？"

"给我一小时，你们想要多少我就给你们多少。"祁龙打开对讲机，"麦克雷，病毒实验室还剩几个人。"

"让我看看，呃……还有一个，珍妮在。"

"叫她把腺病毒感染细胞都复苏出来。"

"好的——老板，有件事情要和你汇报下。"

"什么事？"

"那些怪物又回来了。"

"回来了？"

祁龙和乔治对视了下。

"有好几只就在我们大楼上面。"

"你怎么知道的？"

"现在上面的电子设备都恢复了，我是从监控里面看到的。"

"我知道了，叫珍妮赶紧做好准备。"

祁龙关闭了对讲机。

"看来它们自己找上门来了。"

十八

"祁龙,你待在这里就行了,上面太危险,我们四个人应付得了。"

"祁龙先生,你放心。"

祁龙环视了下四个全副武装的军人,自己由腺病毒感染工具细胞而制造出来的TQ-25解偶联剂都涂在了他们的子弹弹头上。

"随时保持联络。"祁龙用头点了点无线对讲机,"万一有危险就上列车。"

四个人轮流和祁龙握了下手,走进了列车。等到列车消失在了隧道深处,祁龙转过身,现在他要去一次4号病房。

海波斯在4号病房里面坐着,目光呆滞地看着地板,听到有人敲门之后才抬起头。

"谁啊?"

"我。"

海波斯赶紧起身,打开门,迎接自己的老板走进这间设备先进的病房。

"老板，这是核磁共振的影像报告。"

祁龙从海波斯手中接过了显示头颅核磁共振的影像胶片。

"老板，铃木得了什么病？"

"没什么，海波斯，你先出去下。"

"好的，老板。"

祁龙关上门，把头颅核磁共振图放在了椅子上。病床上，铃木闭着眼睛，手臂上输着液。从核磁共振图上来看并没有什么器质性的损伤，可是他为什么一直昏迷不醒呢？祁龙回想着刚才麦克雷的话，昨天铃木带了一个士兵回来，今天铃木昏迷了过去，而那个士兵却不见了踪影。祁龙看着铃木那颗丑陋的脑袋，真想解剖开来看看他的脑髓里面到底在卖什么药。

"呃……呃……"

一阵呜咽声从铃木的喉咙里传来，祁龙移步到病床边。

"铃木，你别装了。"

祁龙用手心拍打着铃木的脸颊，发出了"啪啪啪"声。

"你给我醒过来。"

铃木微微地睁开了眼睛，带着血丝的眼球定格在了祁龙的脸上。

"伍……伍兹。"

"你说什么？"祁龙凑下耳朵。

"伍兹……"

"你在说什么东西，铃木，我听不懂。"

"伍兹……你为……什么……要，要……"话还没说完，他就昏了过去。

"……这家伙在搞什么鬼！"祁龙感觉有些头大。

祁龙又重重地拍了铃木的脸颊好几次，可是他没有再醒过来。

得知那些怪物被杀死的消息是三个小时以后的事情了，三个小时前去的是四个人，回来的时候还是四个人，不过其中有一个人受了重伤。

"汉克，早就和你说别冲到前面，你不听。"杰克边埋怨边和乔治以及路易斯把汉克从列车里面抬了出来，地面上都是血。

"怎么回事？"祁龙看着奄奄一息的汉克。

"汉克还是太冲动，不过我们成功了，我们大概打死了30多头怪物。"乔治很兴奋地说着。

"是啊！"路易斯和杰克也很兴奋。

"祁龙，你这里有病房，是吧？"乔治提问道。

"有，海波斯，把汉克转移到……到2号病房里。"

"明白。"

海波斯也加入了抬人的队伍中。

"汉克！"祁龙看到汉克的眼睛里面还有生命的迹象，想着他对自己的几次维护说，"我保证不会让你死的。"

"谢……谢你……祁龙先生。"汉克的声音很微弱，但是语气异常坚定。

汉克的腹部受了贯穿伤，不过很幸运的是避开了腹主动脉和肝门静脉，也避开了重要的脏器，胸部的开放性损伤也只是伤口有点深，现在最重要的是补充循环液体容量以及避免细菌感染。

"汉克，好好在这里休养。"

2号病房里，汉克尽力朝乔治和其他队友点了点头，嘴里面发出呻吟声。

杰克和路易斯朝着汉克挤眉弄眼了一通，汉克也点点头回应。

"那个家伙呢？"祁龙问依旧一脸兴奋的乔治。

"你说谁？"

"就是那个叫威廉的很鲁莽的家伙。"

"他啊，哎，我们上去的时候他就不见了，然后在广场上看到了他的尸体，这家伙，从来就是个刺头。"

"真是死得其所。"祁龙不屑地回应。

"威廉这家伙就知道一味地蛮干。"杰克和路易斯一起发话。

"祁龙，看来你的这个解偶联剂的确厉害。"乔治很佩服地说了这句话。

"你们还需要多少尽管问我要，不过等以后把美洲大陆光复了，我的功劳可是第一。"

"那，那当然。"乔治哧哧地笑着，笑声听起来很奇怪，"我这里的子弹都快用光了。"

"快用光了？这真是糟心，我的公司可不生产什么子弹。"

"所以我们得尽快去专门生产防爆子弹的工厂里面找找。"

"现在？"

"不,外面的天已经黑了,我们想明天出去,所以我们得在你这里住一晚。"乔治颇具礼貌性地说。

"这没问题。"

海波斯推着医用推车进了2号房间,推车上有手术器械包、纱布、碘伏以及葡萄糖、生理盐水等医护用品。

"老板,汉克我来搞定。"

"那就拜托你了。"

祁龙和乔治一行三人走出2号病房。

"乔治,跟我说说刚才你们在上面的情况。"祁龙跟在乔治旁边,边走边问,"上面的监视器只有一个,我只能听见声音。"

"刚才真的是打得痛快。"乔治一脸兴奋。

"是啊,一打一个准。"杰克都快跳到了路易斯的肩膀上了。

"我一开枪,那个东西就掉下来了。"路易斯手舞足蹈地比画道。

"站在广场当中打别提有多爽快了。"

"你们难道一点都不害怕吗?"祁龙看着这两个全副武装但一点也不像军人的军人。

"好了,好了,你们两个消停点。"乔治朝着那两个冒失鬼说了一声,"如果不是汉克的话,我们至少还能再打下来20只,我们下来的时候外面大概还有5只左右。"

"明天我想亲眼看看实弹效果。"

一行人走进了走廊尽头打开的电梯。

"乔治，之前有些事情我还没弄明白。"祁龙摸着下巴。

"什么事情？"

电梯关门后自动上升。

"跟我说说伊春树的事。"

"你真不知道？"乔治疑惑地瞅着祁龙。

"乔治，别用这种眼神看我，我有这么无聊吗，假装不知道所以问你？"

"好吧，其实我也只是知道伊春树是你的岳父，美由纪是你的妻子。"

"这些都是亨德森告诉你的？"

"亨？亨德森。"乔治愣了一下，"啊，对，是亨德森说的。"

"他现在在哪里？他在哪里和你们说的？"

电梯开了，出现了一个茶褐色天鹅绒地毯铺就的宽敞走廊，乔治走出去四下张望，杰克和路易斯像是两个没见过世面的人朝着精致的装饰感叹。

"喂，乔治，别看了，亨德森现在在哪里？"

"我不知道。"乔治摇了摇头，还在四处张望。

"你不是说这些都是亨德森告诉你的吗？"

"他只是在，嗯，在视频里面和我们讲了。"

"视频里面？"

"对，我们部队出发前给每个军官都看了他的视频。"

室内的温度非常适宜，地毯上的花纹酷似罗夏墨迹实验上的图案，墙上每隔一段距离挂着一幅18世纪的人物画像，耳边传来的是肖斯塔科维奇的第二圆舞曲。

"我还以为他当面对你讲的呢？"祁龙陪着这三个人慢慢地朝前走。"这么说来亨德森这家伙还在咯，就是不知道躲在了什么犄角旮旯里。"

左边经过了一个假壁炉，壁炉上的巨幅油画里一个身材丰满的裸体女人袅娜地站在台上，台下的男人争先恐后地向前涌去。

"乔治，之前你给我看的视频也是亨德森给你的？"

"祁龙，你这个地方真是挺特别的。"乔治站在另一幅油画面前，油画里面有一个巨大的张着翅膀的怪物，一对翅膀差不多占据了油画的一半。

"你们看，这像不像那个怪物？"

"你还别说，还真有点像。"

乔治、杰克和路易斯聚在了威廉·布莱克的油画《红龙》面前，三个人聚在一起开心地讨论着，还不时地发出了笑声，就像三个看到了商品橱窗里面自己心爱玩具的小学生一样。

"乔治？"

没有回应。

"乔治！"

油画前的那三个人已经完全沉浸在了讨论的氛围里，早已经把身旁的祁龙给忘了。

"喂，你们三个还吃不吃晚饭了？"

祁龙觉得自己现在好似一个烦躁的家庭主妇。

伊春树接到电话后一直一言不发,眼睛像是一颗冰冷的星球。

"爸爸,怎么了?"

美由纪坐在长餐桌的一边,手里面的叉子上还叉着一块生菜。

"好的,我知道了。"

伊春树放下电话,慢慢走到了自己餐桌的位置。

"爸爸,发生什么了?"

"一点小问题。"

"什么问题。"

美由纪透过蜡烛的火光看着自己父亲严肃的脸。

"你的丈夫很有可能还活着。"

"活着?"

"我是说有可能。"

伊春树擎起了高脚杯,轻轻抿了一小口酒。

"爸爸,这到底是怎么一回事?"

"驻扎在洛杉矶市中心的分队今天下午遭到了袭击,30只生物全部死亡。"

"怎么可能?"

美由纪放下了叉子。

"是真的,从死亡前传输的画面来看,这些生物是遭到了一群士兵的袭击,这群士兵里面有人喊过你丈夫的名字,而且他们偷袭成功后逃到了你丈夫公司的大楼里。"

"爸爸,你的意思是说?"

"我只是猜测。"

"难道这些是祁龙干的?"

"我难以下结论,不过这30只生物都很迅速地死亡,出乎我的意料。"伊春树耐心地用餐刀切着牛排,"看来即使是现在也不能掉以轻心。"

"那些生物怎么会迅速地死亡呢?会不会搞错了?"

伊春树把切得正正方方的牛肉塞到了嘴里。

"美由纪,如果真的是你丈夫搞的鬼,你会怎么处理?"

美由纪转了转眼珠,然后看着伊春树。

"爸爸,你确定这些都是祁龙搞的鬼?"

伊春树笑了笑。

"美由纪,你放心,你的丈夫我会特殊照顾的。"

"爸爸,我对他从来就没有过什么感情。"

美由纪抓着叉子摇着头。

"真的?"

"一点都没有,你想怎么处置就怎么处置。"

"这么确定?"

美由纪面无表情地看着自己的父亲。

"我明天会把那幢大楼给夷平。"伊春树低着头边切牛排边说。

"恐怕这还不够。"

"夷平还不够,美由纪,你可真够狠的。"

伊春树低头笑的时候露出了浅浅的酒窝。

"我可不是这个意思。"美由纪晃动着自己的酒杯,"我是说夷平了大楼没什么用。据我所知,泛美生物遗传技术公司的地下有一个非常大的实验室,而且是要乘一辆列车才能到达的。"

"没关系,我可以用钻地弹。"

"爸爸,那是一个很深的地下室。"

"有多深?"

"我不知道具体有多深,但是——"

"美由纪,你不用担心,我会处理好的。"

伊春树胸有成竹地端起酒杯,一饮而尽。

十九

巨大的餐桌上面摆满了面包、水和很多的罐头食品，祁龙手里面拿着一根刚从冰箱里面拿出来冻得硬邦邦的培根夹心法式面包棍，乔治在沙丁鱼罐头里面鼓捣着，杰克吃着羊角面包，路易斯正在打开一罐午餐肉。这三个人有说有笑地互相插科打诨，像是三个打了一场大胜仗的士兵在享用凯旋的晚餐。

自从昨天吃了炸汉堡之后，祁龙对垃圾食品忽然产生了浓厚的兴趣，平日里过惯了锦衣玉食的生活，现在看着一桌子工人阶级享用的食品倒别有一番风味。平时有专门的厨师在地面上制作好五花八门的食物，然后通过列车运送到地下实验室，现在地下实验室剩下的少数工作人员靠着冰箱里存储的备用食物来果腹。

祁龙咬了一口面包棍，感觉就和石头一样，他站起身走到微波炉前，把面包放进微波炉。

"喂，乔治，明天你们四个人都去工厂找子弹？"

"嗯，没错。"

"然后呢？"

"然后消灭那些怪物。"乔治的嘴巴里都是食物。

祁龙靠着正在运作的微波炉。

"这里的食物最多再支撑个3天，3天后就没东西吃了。"

没有人回答祁龙。

"你们听到了没？"祁龙抬高了声音。

"你可以找那个海波斯，还有你的那些员工可以上去找点食品。"乔治边吃东西边说。

微波炉停止运转了，但祁龙没有打开微波炉。

"你们能不能动动脑子？"祁龙敲了敲微波炉的门，"现在实验室里面就剩下不到10个工作人员，有人得维持实验室的正常运作，有人得负责后勤，有人还得生产解偶联剂，并且还有伤病员要照顾。"

"你是说汉克吗？没关系，就让他躺在那里，不用照顾他。"路易斯说话的时候嘴里的午餐肉都快要喷出来了。

"路易斯，你说什么？不用照顾他？"祁龙看着一脸无所谓的路易斯。

"祁龙，你别听路易斯的，他在胡说八道呢。"乔治笑着看了一眼路易斯。

"你们现在要做的是赶紧找到散落在各地的部队，然后以这里为作战和后勤中心。我们这里离地面有3000米，那些怪物绝对找不到,等到有足够的——喂,你们到底有没有在认真听啊?"

杰克拿着勺子在一个菠萝罐头里面翻动着,路易斯露出一脸的傻笑,乔治的双脚搁在了餐桌上,双手抱在了额头后面。

"祁龙,你继续说,我们听着呢。"

一股无名之火从祁龙的胸中窜出,正当他要发作的时候,有人轻轻地敲了下门,然后门被打开了,麦克雷走了进来。

"麦克雷,什么事?"

"老板,你最好打开电视。"麦克雷走过来凑近祁龙的耳朵说了一句。

"电视?干吗要打开电视?"

"老板,你看了就知道了。"

"搞什么神神秘秘的,而且这里哪有什么电视啊?连个收音机都没有。"

祁龙环顾了四周,这是一间纯粹用餐的房间,没有什么显像设备。麦克雷走到一边的墙壁,室内的灯光一下子黯灭,不知从哪里发出的光投射在了墙壁上,如同投影荧幕一般,墙壁上显现出了一段非常清晰的影像。

"……所以1778年以来的所谓宪法已经不存在了,我们要制造一个顺应时代的宪法,首先……"

一头银发的伊春树站在了一个演讲台前,背景是一幢豪华的别墅和高大的北美红杉,别墅顶上坐着两只怪物。祁龙抽搐着脸看着大银幕,耳边是另外三个人的笑声和聊天声。

麦克雷走回到祁龙身边，凑近他的耳朵。

"老板，这个人叫伊春树，他是——"

"我知道他，妈的，竟然敢在我家的后院大放厥词。"

"老板，那幢房子是你家？"

镜头由近及远，出现了一排排座位和人的后脑勺，祁龙一眼就认出了坐在第一排的美由纪。

"果然，这个女人也在。"

"老板，谁啊？"

祁龙敲了一下餐桌。

"美由纪。"

"你夫人？"

"祁龙，那个讲话的不就是你的岳父吗？"乔治在餐桌的另一侧说道。

"什么？老板，那是你的岳父？"

麦克雷在祁龙耳边悄悄抬高了点音量，祁龙回头怒视了一眼乔治，麦克雷也识趣地没再问话。

"麦克雷，你先出去吧，有事我再找你。"

"好的。"

麦克雷关上门的时候还忍不住看一眼银幕上的伊春树。

"杰克，中国有句古话叫：'射人先射马，擒贼先擒王'。要是能找到这个老家伙就好了。"乔治喝了一口瓶装水对着杰克说道。

"没错,乔治,逮住这个老乌龟那么也就不用累死累活地打来打去了。"

"天下那么大,去哪里找啊?"路易斯说话时摇头晃脑。

"我知道伊春树在哪里。"

乔治、杰克和路易斯齐刷刷地看着祁龙。

"但是就凭你们三个人能杀了他?"

"反正也不用你去打。"乔治很激动地问,"伊春树在哪里?"

"你们想知道?"

"当然想。"三个人的眼珠子都快掉出来了。

"就算我告诉了你们伊春树在哪里,你们找到了他,然后很幸运地杀了他,那其余的怪物呢?就靠你们三个人能消灭完?"

"没关系,你只要告诉我他在哪里就行了。"乔治身体凑上前来。

"对,快告诉我们。"杰克和路易斯已经迫不及待地等祁龙说出口了。

"你们三个都疯了吗?现在最重要的是寻找其他零散的部队,组织力量,建立一个隐蔽的指挥中心,重整力量打一场持久战。你们知道外面有多少怪物吗?就我们实验室里这么点儿解偶联剂根本不够用,别想着速战速决。"

祁龙站着挥着手激动地比画着。

"不,你只要告诉我伊春树在哪里就行了。"乔治撑着台子,前倾身体说道。

"这样子太冒险了。"祁龙摇了摇头。

"又不用你去,你怕什么?"杰克加入了乔治的阵营。

"这是我们军人的职责。"路易斯也像模像样地来了这么一句。

"不行。"

祁龙一说完,乔治脸色就变得很难看,杰克眼神里面露出了凶相,路易斯甚至拿起了步枪对着祁龙。

"你说不说,不说就打死你。"

"好啊,你开枪,打死我你就永远不知道伊春树在哪里了。"

祁龙也发火了,怒目而视,路易斯的脸忽白忽红。

"你根本不知道他在哪里是不是?你就是在骗我们!"

一只手搭在了路易斯的枪管上。

"路易斯,冷静。"乔治把枪管慢慢压了下来,"既然祁龙先生不愿意,那我们也不要强求他。"

"乔治,好好管管你的手下!"

"什么手下不手下,我们本来——"

"路易斯!够了!"乔治有些惊慌地吼了路易斯一声,然后朝着路易斯摇了摇头,路易斯大吼一声把桌子上的空罐头盒朝着祁龙扔了过去,祁龙闪身一躲。

"这是要来真的?"祁龙也吼了一声。

乔治用力抱住路易斯,在他耳边耳语了一番;杰克的眼睛斜瞟着祁龙,手捏着铝制的罐头盒发出"嘎啦嘎啦"声。

"叮咚叮咚！"

祁龙饭前戴上的手环发出了响声，那是海波斯发来的信息。

"老板，4号病房有新情况。"

手环的显示仪上出现了以上一行字。

看完，祁龙转身头也没回地朝着大门走去。

"喂！你去哪里？"

祁龙背着身没有回答，也没有转身，径直出了房间。

"老板，刚刚铃木醒过来了，不过说了很多稀奇古怪的话。"

海波斯在4号病房门口，一看见怒气冲冲的祁龙从电梯里出来就迎了上去。

"什么话？"

"他说他叫什么凯瑟琳，全名是凯瑟琳·普利特雷。"

"什么？"

"他说他的名字是凯瑟琳·普利特雷，更奇怪的是，铃木他根本不认识我。"

"不认识？他还说什么了？"

"对，他说他是隶属于第3师的士兵，他被一个叫伍兹的士兵扎了一针，然后醒来就在这里了，我问他伍兹是谁，他说就是你，老板。"

"我？"祁龙狐疑地看着海波斯，"让我进去看看他。"

祁龙绕过海波斯，推门而入。

"老板，铃木现在时醒时睡的。"

祁龙走到了床边，铃木闭着眼睛在睡觉。

"铃木！铃木！"

祁龙喊了两声，铃木没什么动静。

"老板，他刚才还醒着，就是意识不是很清醒。"

祁龙朝着铃木的脸重重地拍了两下。

"怎么我一来铃木这个家伙就睡着了？"

"哔哔！哔哔！"

海波斯别在腰间的呼叫机响了。

"是汉克，估计叫我换输液瓶了，老板，我马上回来。"

海波斯转身离开了房间，过了十几秒他又匆匆忙忙地进来了。

"老板，汉克找你。"

"汉克找我？他找我干什么？"

"我不知道，我一进2号房间他就要我找你来，他一定要当面和你说。"

祁龙看了看海波斯的脸。

"那我就去看看他，顺便和他说说他的另外三个笨蛋战友。"

"他们怎么了？"

"真是一群没脑子的废物，"祁龙推开门，海波斯跟在后面，2号病房在走廊的另一边。"头脑简单，思维幼稚，就知道一味蛮干。我现在几乎可以肯定，他们不是军人了。"

海波斯帮祁龙打开了2号病房的门，汉克躺在了洁白的病床上，一见到祁龙来就露出了笑容。

"祁龙先生，你怎么这么快就来了？"

汉克挣扎着想起身，海波斯赶紧过来扶住他。

"汉克，你得好好地躺着。"

"没事，海波斯，有你照顾我很开心。"

"汉克，你放心，以前海波斯当过护士，业务水平没的说。"祁龙拍了拍海波斯的肩膀，"汉克，你找我什么事？"

汉克很为难地看着祁龙和海波斯。

"祁龙先生，我想单独和你谈谈。"汉克不好意思地看了海波斯一眼。

"单独和我谈谈？"

"是的。"

祁龙舔了舔嘴唇。

"老板，我去4号房间看看铃木的情况。"海波斯说完就转身出去，然后轻轻地关上了门。

"汉克，你可把海波斯给气走了啊，刚才你的三个战友也把我气得不行。"祁龙抿着嘴说。

"他们怎么了？"

祁龙把刚才在用餐时发生的事情说了一遍。

"祁龙先生，实在不好意思，我向你道歉。"

"没事。"祁龙摆了摆手,"你找我来要做什么?"

"祁龙先生,我想……告诉你一件事。"

"我不要听一件事,我要听这一切的真相。"祁龙摸了摸下巴。

二十

汉克的脸一下子变得非常严肃,严肃得仿佛月球表面的岩石。

"真相,什么真相?"

祁龙拿了一把椅子坐在了病床边。

"你们这群人根本不是军人!"

汉克愣了一下。

"祁龙先生,难道你已经都知道了?"

果然有秘密,祁龙稳了一下心神,说:"你们露出的马脚太多了。说吧,你们到底从哪儿来的?"

汉克低头沉思着:看来祁龙先生并不知道所有的真相,但他既然已经怀疑了,怕是也瞒不了多久了。略一沉思,他抬头说道:"祁龙先生。我可以告诉你整件事。但是你要答应我两件事。"

"好的,我答应你!"祁龙说。

"真的?"祁龙的爽快,让汉克有点反应不过来。

"真的。你还帮过我很多次，我相信你不是为了要亲手弄死我。另外，我现在已经什么都没有了，世界也乱套了，也没什么不能拿来赌的了。"

"也是，祁龙先生，我相信你，也请你相信我。第一件事，你千万不能告诉别人，绝对不可以。"汉克侧着头看着祁龙。

"汉克，到底什么事？"祁龙一脸疑惑地看着汉克。

"祁龙先生，你先跟我保证，绝对保密。"

祁龙抱起双臂，跷起二郎腿。

"OK，我保证。"

汉克咽了一口口水说道："其实到现在我都认为这个想法很疯狂，从昨天在废墟里救起你的那一刻起，我就觉得一定是上天给了我一次机会，我思索了很久才决定把我的想法告诉你，而且必须是你一个人，不可以有其他人在场。"

祁龙晃了晃跷着的二郎腿，看着汉克脸上让人忍俊不禁的神态。

"祁龙先生，你所处的世界是一个电子游戏世界。"

"啊？"

"你是一个电子游戏里面的一个电脑人。"

"汉克，你在胡说些什么呢？"

"你是一段程序或者说用代码编写出来的一个电脑人，一个计算机生成的人。"

祁龙笑出了声音。

"哈哈，汉克，我是电脑人，那你是什么？"

"我是进入电子游戏世界里面的真实世界里的人，乔治、我、杰克、路易斯、威廉，我们五个人都是，而你、海波斯，还有其他人都是电脑人。"

祁龙千算万算，想破脑袋，也没往这方面想。回想这几天一连串的不正常，他的笑容逐渐变得僵硬起来。

"我们五个人参加了一个 VR 游戏公司举办的一场比赛，比赛使用的平台是一个类似于模拟真实世界的服务器，就像……就像你之前给我们展示的那个什么'宇宙二号'一样，我们五个人是一个小分队，利用脑机交互系统进入了这个世界，目标是消灭怪物和幕后黑手也就是那个叫伊春树的人。"

祁龙脸上的笑容已经杳然不见了。

"这个游戏公司的奖金是消灭一个怪物奖励 5000 美元，杀死伊春树可以得到 500 万美元的奖金。但是游戏的条件非常苛刻以及真实，进入了游戏里面就如同在现实世界里一样，需要吃饭、洗澡、上厕所，这些都是由那个游戏 VR 设备所设定，VR 设备就和你这里的那个头套差不多，和大脑连在一起，管控人体所有的感觉感应、动作执行等。只要你不死，你就会一直待在这个世界里，就算是昏迷也得一直昏迷下去，直到游戏结束。你被怪物打伤，就会有相应的痛觉，这些痛觉和我们真实世界的痛觉是一模一样的。祁龙先生，我这样讲你能明白吧？"

祁龙呆呆地看着汉克，一时间说不出话来。

"祁龙先生？祁龙先生？你还好吧？"

祁龙想到了乔治那几个人很多怪异的举动，他们不像军人那样等级分明，军纪也很散漫，汉克受了重伤其他人也不关心，杀了那些怪物变得忘乎所以起来，刚才在用餐的房间里面尤其如此，怪不得急着要知道伊春树在哪里。

"汉克，如果真的照你这么说我是电子游戏世界里的人，可是我从小到大的记忆是那么鲜明，我脑子里面装着那么多的知识，这可不是什么随随便便一个程序可以涵盖的。"

"我忘了告诉你了，这个虚拟世界平台是游戏公司从前国防部那里买来的，在我们的世界，美国的联邦体制已经没有了，现在是松散的邦联体制，联邦政府5年前解散了，所以很多之前政府的机构有的变卖了，你所在的虚拟世界是以前国防部用庞大的预算建设出来用来预测未来用的，游戏公司只是借用这个平台设计了游戏情节而已。"

汉克停顿了一下。

"祁龙先生，真的非常抱歉告诉你这个真相，当初进入这个游戏前参赛队员都已经签约绝对不把这个真相告诉游戏里的电脑人，以免造成系统的混乱。但是当我看到你用那个脑机交互仪把两个人的意识成功地进行了交换后，我觉得我必须得把真相告诉你，因为我想拜托你一件事情，也就是第二件事。怎么说呢，这件事我不知道该怎么说出口。祁龙先生？你在听吗？"

过了好一会儿，祁龙才意识到汉克在叫自己的名字。

"在，我在听。"

"祁龙先生，我知道你一下子没法接受这个事实。"

"没关系，你继续说，你想拜托我什么事情？我会遵守承诺的。"

祁龙让自己的思绪重新集中到汉克身上。

"事情是这样的。"汉克不好意思地笑了笑，"乔治、威廉、杰克和路易斯都是我的好朋友，我们一起在旧金山长大，从小一起玩电子游戏，一起上学。后来乔治进了橄榄球队，当了队长，你知道的，乔治长得很受女生欢迎，而我只是个不起眼的瘦小子。上个月我们知道这个电子游戏比赛的消息，所以我们五个人报名参加了，乔治说如果得了大奖就去买一辆跑车，载着凯瑟琳去兜风。凯瑟琳是我见过的最漂亮的女孩了，祁龙先生，她别提有多漂亮了，我第一次见到她就喜欢上了她，不过她从来不会看我第二眼。后来，唉，乔治把她给泡上了，我知道我没这个福气。"

汉克垂头丧气了一番。

"凯瑟琳·普利特雷，多么美好的名字。"汉克灰丧的脸又浮现出了笑容。

"等等，你再说一遍她的名字？"

祁龙的声音有些颤抖。

"凯瑟琳·普利特雷，怎么了？"

"没什么，汉克，你继续讲。"祁龙尽量保持平静，心里却翻江倒海一样！

"祁龙先生,我知道我这个想法难以启齿,甚至有点,有点不道德,但是凯瑟琳实在是太美了,我每天晚上做梦都会梦见她,我实在忘不了她的模样。"

汉克说着说着吞了一口口水。

"祁龙先生,我想拜托你让我的意识和乔治的意识互换下。"

"和乔治互换意识?"

"是的,互换了意识之后回到现实世界里,我想和凯瑟琳约个会,你知道,这不用花多少时间,大概半天就够了,然后再把意识换回来。"

"这样子乔治不会发觉?"

"祁龙先生,我刚才躺在这里的时候都想好了,你给我打一针麻醉剂,让我处于昏迷状态,然后把我的意识和乔治的意识进行互换,这样我就变成乔治,乔治就处于昏迷状态了,然后你找机会用枪把我打死,这样我就能回到现实世界里,等到我和凯瑟琳约完会,我再回到游戏世界,你再将我俩的意识换回来,这样天衣无缝,不会被乔治发现。"

"汉克,你的计划听起来很不错。"祁龙边思考边说,"但这里面牵涉了很多的技术细节,我得仔细考虑考虑。"

"祁龙先生,我也想到了这一点,毕竟我们现在是在虚拟游戏世界里,所以这个里面发生的任何事情都只是一段程序的改变。不过据我所知,我们为参加这个游戏从游戏公司借来的脑机交互仪和你的似乎很像,都是传输什么电流。"

"这个正常。他们既然设置了我有这样的技术，肯定按照他们已有的相似的东西来设计。"

叮咚叮咚

祁龙手环上的提示音又响了，是海波斯传来的信息。

"汉克，我现在有点事，等会儿再来。"祁龙站起身，"顺便说一句，你刚才说的事情实在是有点荒诞。"

"祁龙先生，我真的没有骗你，我说的都是千真万确的。"

"汉克，你先好好休养。"祁龙朝着病房门走去。

"祁龙先生！我说的都是实话。"

祁龙朝汉克笑了笑，然后开门走了出去。

关上2号病房的门后，祁龙背靠着洁白的墙壁大口喘着气，刚才汉克的话像一颗炸弹在自己的脑子里面爆炸了，幸亏自己强装镇定。

汉克说的是真的吗？如果是真的，那么眼前的一切都是虚幻的？就如同"宇宙二号"里面的一切，只是一段段程序堆砌出来的虚拟实体。万一他在骗我呢？可是他为什么要骗我呢？骗我的话对他又有什么好处呢？

祁龙看着4号病房紧闭的大门，他相信答案就在里面。

"老板，他醒了，这次是真的醒了。"海波斯一看见进门的祁龙就急忙说。

"你在外面看着。"祁龙等海波斯关上门就快步走向铃木的病床。

铃木的眼睛微微地睁开着。

病房门轻轻地关上了,祁龙凑近过来,看着铃木坑坑洼洼的脸。

"凯瑟琳?"祁龙询问着。

铃木头朝祁龙侧了过来。

"伍兹?"

"凯瑟琳·普利特雷。"祁龙一个一个音节吐了出来。

铃木眼睛忽然抽动了一下。

"你怎么会知道我的全名?"

"你住在旧金山,你的男朋友叫乔治。"

"你?!"铃木的眼睛慢慢地睁大了。

"你认识汉克吗?"

"汉克?"

"一个小个子,乔治的朋友。"

铃木的嘴角有些颤抖。

"见过……几次,你怎么会……会知道?"

"凯瑟琳,你就在我这里好好休息。"

祁龙说完就起身,准备离开。

"伍兹,你……为什么要用针扎我。"

祁龙回头看了一眼铃木,没有回答,而是走向了大门。

"海波斯,告诉我昨天的情况。"祁龙出了门就问站在门口的海波斯。

"老板，昨天是什么情况？"

"昨天是不是我和一个士兵来地下实验室？"

"没错。"

"告诉我具体的详情。"

"老板，你难道忘了吗？"

"你把过程和我详细地讲一遍，马上！"

"好的，老板，昨天下午你带了一个士兵来到地下室，之前忘了和你说，那个士兵昏迷不醒，还是个女人，你和我一起扛着她带到了你的那个脑机交互平台房间里，然后你和那个士兵单独在房间里待了一会儿，后来第二天我们才发现你已经昏迷了——老，老板，你去哪里？"

祁龙还没等海波斯说完就"噌"的一下跑开了，他朝着走廊尽头的电梯跑去，突然又停下了脚步，接着跑回到了海波斯面前。

"立刻给铃木输镇静剂，马上，别让他醒过来，快！"

祁龙推了海波斯一把。

"好，好的，老板，我马上去！"

"还有，海波斯，不许任何除我以外的其他人进入4号病房！任何人！"说完祁龙又转身朝电梯跑去。

走廊尽头的电梯在祁龙疯狂地按着电梯按钮之后打开了，他冲了进去，按了"L"键。祁龙隐隐地感觉到，铃木这个家伙已经逃走了。

二十一

　　铃木透夫现在拥有了两套记忆，一套是自己的，另一套是原本属于那个名叫凯瑟琳·普利特雷的姑娘的。

　　意识或者是记忆在铃木炉火纯青的操控之下已经不是一个虚无缥缈的东西了，它可以交换，也可以复制，就如同一天前发生的那样，铃木从电子游戏世界中转换了出来，而且还复制了一套别人的意识，而那个可怜的凯瑟琳将不幸地永远待在电子游戏世界里了。

　　要不是昨天下午在墨西哥司机家的门背后听到的那一番匪夷所思的话，或许自己现在还得待在地下实验室里啃着硬邦邦的面包，等着最后弹尽粮绝的那一天。现在想起来，铃木开始有些佩服自己。他用地下实验室里的电脑找得到了电子游戏公司的主服务器地址，然后他发现自己的世界原来真的是一套程序，而且凯瑟琳进入了电子游戏世界使用的设备很类似于自己发明的脑机交互仪；另一方面，铃木也感谢自己有那么好的运气，遇见凯瑟琳简直就是守株待兔的翻版。

昨天下午，铃木用硫喷托纳把凯瑟琳弄晕了之后费了好大劲才把她扛回了地下实验室，他用"宇宙二号"交互仪解析了凯瑟琳的海马记忆区蛋白的特殊三维结构以及基因表观遗传学修饰位点，经过大量搜寻和尝试，她终于用微电流的传输信息锁定了凯瑟琳所在的接口终端的位置。这样一来，之前所构设的大胆的想法变成了一件可操作性的事情了。

铃木现在唯一感到有些瑕疵的是，自己变成了一个女人，似乎是老天跟他开的一个大玩笑。

他从现实世界里醒来的时候，时间刚好和电子游戏里的时间相吻合，按照游戏的规则，游戏里面的时间和真实世界流逝的时间一致，很难想象一个人不吃不喝地进入虚拟世界待上个三天，可是事实就是如此。因为凯瑟琳所用的脑机交互仪是一个类似于冬眠的装置，使用者在输入一种特殊的蛋白酶后会显著降低身体的新陈代谢速率，但只要使用者一醒过来，另一种蛋白酶螯合剂会立刻输入，从而中和蛋白酶的活性，让人恢复到正常状态。所以当铃木醒过来的时候，他一点都不感到饿，只是有点困。

醒来的时候已经是凌晨 1 时 34 分，房间或者更准确地说是浴室里面黑黢黢的，自己浸泡在了凉水里面。大脑昏昏沉沉，一个重物包裹在了自己的头上。一套全新的记忆如同一群群扑火的飞蛾汇聚到了自己的大脑，一幅幅崭新而又熟悉的画面在意识中拼接成形。

凯瑟琳·普利特雷是一个在旧金山湾区长大的女孩，父母是典型的中产阶级，都从事软件行业。她从小就长得很出挑，再加上活泼外向的性格，是众多男生追求的对象，现在的男友是比自己小一岁的乔治，住在离家不远的一个住宅区里。两个人四年前就认识了，然后很自然地发展为了情侣关系。乔治是她见过的为数不多沉稳、礼貌的男生，和其他那些满嘴脏话、言语轻佻的男生不一样，并且乔治的长相非常英俊，和她在一起真可谓郎才女貌。自从上了大学之后她就一个人搬出去住了，有时候周末乔治会来，两个人会吃个烛光晚餐，然后长时间地享受二人世界。四年来她从未感到过厌倦，和乔治聊天的时候房间里总是充满欢声笑语，他对自己很温柔，做什么事情都很注意自己的感受。凯瑟琳时不时幻想过结婚之后的生活，并且很憧憬这个场景。对她来说，乔治是她认为的世界上仅次于她父亲的男人。

铃木把头套从脑袋上摘了下来，这下头上的沉重感没有了，浴缸里的水凉凉的，没过了自己的胸口。铃木从浴缸里面慢慢站了起来，同时感到胸部沉甸甸的，他摸了摸，原来是自己的乳房。他又捏了捏，好像软绵绵的球形海绵一样。他又摸了摸自己的胯下，空荡荡的，什么都没有。铃木很无奈地把手拿开，以后得作为一个女人来生活了。女人就女人吧，反正原来的自己也只是一段代码，哪里能分出什么男女，铃木昏昏沉沉地开导自己。

他从浴缸里面出来，脱去了感受衣，打开了浴室的灯，刺眼的光让他好一阵子才适应过来。他站在一面镜子面前，镜子里面是自己赤裸的身体。金色的湿漉漉的头发垂在了肩膀上,铃木看着自己全新的身体。小麦色皮肤,一个长期锻炼下的身体,肌肉的线条很完美,小腹平滑,臀部丰满,脸上没有化妆,淡淡的雀斑,上翘的鼻子,厚度适中的嘴唇。从铃木这个东方人的审美角度上来看,这也算得上是一个上乘的美女。

他把淋浴头打开,让自己的身体冲刷在了温热的水里。这是一种奇怪的感觉,几天前自己刚刚从一个瘸子变成了一个正常人,然后现在又变成了一个女人,铃木对自我身份的认识产生了些许动摇,到底什么是自己,什么不是自己呢?肉体对自我的认证更加科学,还是灵魂呢?铃木用肥皂揉搓着自己毫无一丝赘肉的年轻胴体,头脑还是有些昏沉。现在并不是考虑这些问题的时候,目前最需要的是一场睡眠让自己恢复精力。

铃木用浴巾把自己擦干,然后全裸着走出了浴室。卧室就在隔壁,他走了进去,找到了自己的床后不管湿漉漉的头发,直接躺了上去。水的淋湿感被枕在了自己的头下面,铃木把头发卷了起来。乔治在哪里呢?他应该还在游戏里面吧,也许早已经结束游戏了。铃木忽然感到一阵热流涌向了身体深处,原来是自己已经快一周没有和乔治亲热了。一想到将来要和一个男人上床铃木就感到很不舒服,甚至有些羞耻。铃木的那套记忆在拒绝,而凯瑟琳的那套记忆在想念。

最终,更加强大的睡意战胜了熊熊燃烧的性欲与自我精神的抗争,铃木无声无息地进入了梦乡。

二十二

祁龙坐在计算机前的旋转座椅上,看着脑机交互仪房间里面两台硕大的脑机交互装置,陷入了深深的沉思。

刚才他急匆匆地从病房层乘电梯回到了二号实验场的脑机交互仪房间,在设备使用的历史记录里面发现了今天凌晨1时34分的使用情况。铃木将自己的记忆和另一个人的记忆进行了互换,同时铃木又复制了一份另一个人的记忆,接着将自己的双重意识传输到了一个奇怪的网络地址区。以上发生的事情恰好就是祁龙刚才所害怕的情况,而恐惧最终变成了现实。

好几个问题同时冒了出来,铃木是怎么知道这些事情的?他又是怎么找到这个凯瑟琳的?凯瑟琳是怎么中招的呢?一个个疑问像雨后的春笋一样冒了出来,疑问越多,祁龙的思路越混乱,并且引入了很多负面的情绪。

原来昨天铃木就已经逃了出去,而自己却像傻子一样被蒙在了鼓里,竟然还想着等他醒过来要好好地羞辱他一回。那种被欺骗、被玩弄的感觉又回来了,铃木一定在背后嘲笑着自己,一定在心里面奚落自己。

祁龙捏紧拳头重重地砸了下桌子,把桌子上的电脑键盘震得横七扭八,他甚至恨不得把桌子、电脑、脑机交互装置统统砸得稀巴烂,然后一把火把这个房间给烧了。

祁龙,你输了,你彻底输了,你看看你自己,你是个失败者,我才是个赢家。

铃木仿佛就站在自己的面前,嘲笑的声音不绝于耳。

"滚开!你个畜生!"

祁龙吼叫着,想要驱散铃木的声音。

祁龙,从现在开始我是你的主人了。

"你说什么?"

祁龙紧锁着眉头,把自己想象成铃木。他会干什么呢?前天在病房里,铃木指示了那个史蒂夫医生杀死自己,他那个时候肯定害怕自己的秘密被泄露出去,他又说要去美由纪那里,明摆着是对自己的侮辱。现在铃木捷足先登已经逃离了这个虚拟世界,那么像他这样的计算机科学家想要随意操纵这个电子游戏世界可以说是轻而易举,如果这样的话自己就是一个提线木偶,会被他随心所欲地玩弄。也许过不了多少时间,也许就在下一秒,自己的身体就开始被他操控起来,而像铃木这样的人的心理肯定不会有多健康。

祁龙越这样想越发担心起自己,他绞尽脑汁地开始思考,想要找出一个解决的办法，但是毫无思绪。他抓住自己的头发，撕扯自己的头发，想要让自己的注意力不被负面情绪所左右，但除了引起了疼痛感外别无他用。难道就这样等待吗？就这样束手就擒吗？一种绝望的预感笼罩在了头顶，现在大脑一片混乱，根本无法集中精神思考，更别说想出什么解决方案了。

叮咚叮咚

纷繁杂乱的思绪被手环上传来的新消息打乱，是海波斯传来的，原来汉克想询问自己的状况。就在这个时候，一丝灵感从祁龙混乱且焦虑的思绪中脱颖而出，紧接着灵感逐渐生根发芽，转眼之间长成了参天大树。一个大胆的想法在祁龙的酝酿下渐渐地形成了一个缜密的计划，他把人物、地点和时间都梳理了一遍，笑容慢慢地在忧愁的脸上荡漾开。

他要重新夺回主导权，他要让铃木重温被玩弄的感觉，他要让铃木知道谁才是主人，他要铃木为自己的所作所为付出代价。

"我马上就来。"

祁龙对着手环快速说了声，然后他立刻站了起来，大跨步走了出去。

在2号病房里，祁龙小声地和汉克商量着。

"祁龙先生，这样子没问题吧？"

"你放心，我等会儿去取点安眠剂，趁乔治不注意的时候朝酒里弄点进去，剂量我会调制到让他昏睡过去的程度，杰克和路易斯我可以搞定，等明天早上的时候我会把那两个人支出去，然后把你和乔治的身体进行互换。"

汉克很兴奋地靠在了床背上，眼睛睁得老大。

"明天什么时候？我真想现在就做这件事情。"

"汉克，心急吃不了热豆腐，这件事情必须做得天衣无缝才行，否则就被别人看穿了。"

"祁龙先生，你说得对。"汉克重重地点了点头。

"你想玩多久，一天还是两天。"

汉克不好意思地笑了笑。

"一天就……就够了吧。"

"我看你是时间越长越好吧，干脆你就这么一直装下去。"

汉克摇了摇头。

"那，那可不行，万一乔治醒来发现自己的身体变成了我的，可不就要露馅了。"

"你这家伙，可真胆小。"祁龙笑骂道。

"那种事情万一被乔治知道了可不得了，凯瑟琳将来可是要和他结婚的。"汉克拍了一下自己的脑袋，"呀，我差点忘了，凯瑟琳不会还在电子游戏世界里吧，祁龙先生，还得麻烦下你用电脑查询下凯瑟琳是否还在线上。唉，我怎么把这件事给忘了。"

汉克懊恼地拍了拍自己的脑门。

"汉克，我等会儿查清楚了就告诉你。"

"谢谢你，祁龙先生，我真不知道该怎么感谢你，我以为之前和你说了那么多真相会惹你不高兴的，没想到你竟然这样帮我……"

祁龙看得出汉克的语无伦次中明显带着对自己真诚的感谢。心中涌现出一点愧疚。抱歉了汉克，我得先救自己。

"你好好休息，我马上就来。"

海波斯看到祁龙从2号病房里出来后马上就迎了上去。

"老板，没什么事吧？"

"没事。"祁龙摸了摸自己的下巴，"海波斯，找个借口给汉克打一针安定，让他睡上48小时，别让他醒过来。注意打针的时候别被他发觉了。"

祁龙拍着海波斯的肩膀，海波斯点了点头。接着祁龙看了看手环上的时间，他想那三个人说不定还在餐厅里。

不出所料，当祁龙拿着四个酒杯和一瓶红酒走进了用餐室时，乔治、杰克、路易斯还在热闹地聊天，他们三个一见到祁龙，马上都停止了交谈，用警惕的眼神看着他。祁龙不慌不忙地绕着餐桌走到了三人旁边，他打开了红酒盖子，放好酒杯，朝里面一杯杯地斟满了红酒。

"喂，你这是干吗？"路易斯先开了口。

祁龙不说话，专注于倒酒中。

"喂，你想干吗？"

祁龙把第四杯斟满后，才把红酒瓶轻轻放在了桌子上。

"我刚才仔细地想了想，你们的做法或许在某种意义上行得通。"

三个人不知所措了一会儿。

"你这是,在向我们道歉?"乔治开口道。

"我只是说某种意义上,也许可以,也许行不通。"祁龙边笑边摆了摆手。

"你到底说什么呢?"

祁龙从口袋里面拿出了一张纸和一支笔,然后在纸上面写了一些东西,交给了乔治。

"这是什么?"乔治看着纸头上的两排数字和字母。

"伊春树现在的位置。"

"这上面写的是,坐标?"

祁龙点了点头。

"乔治,让我看看。"杰克从乔治手里面拿过去了那张纸。

"你的态度为什么转变了?"乔治有些疑惑地看着祁龙。

"这事我一个人干不来,但我有一个要求,活捉伊春树和美由纪,并且要押送到我这里。"

乔治听完"扑哧"一声笑了出来,路易斯和杰克也被祁龙的话吸引了过来。

"就这个要求?"

祁龙噘着嘴点了点头。

"没什么其他的猫腻?"

"你只要能把我老婆和伊春树亲手交给我,我保证让你们以后升官发财。"

"升官发财?"路易斯和杰克都被逗笑了。

乔治把纸头重新拿回到了自己手上。

"你怎么确定伊春树就一定在这个坐标位点上。"

"因为那是我的家。"

"你怎么会知道他在你的家?"

"因为刚才银幕上面,他就是站在我家后院里。"祁龙指了指白色的墙壁。

乔治想了想,恍然大悟。

"你家离这里远吗?"

"开车大概一个半小时的距离。"

"挺近的,乔治,我们明天一早就去吧。"杰克脱口而出。

"乔治,要不我们现在就去。"路易斯紧跟着说。

乔治思考了下。

"我看明天早上我们早点起床,趁其不备杀进去,等会儿我们就早点睡觉,今天一天大家也累了。"

杰克点了点头,路易斯虽然有点不情愿,但也接受了。祁龙看到三个人的意见达成了一致,就拿起一杯斟满的酒杯,先端给了祁龙。

"红酒有助于睡眠。"

乔治犹豫了一下,杰克在他耳边说了句"在这里喝酒没事的",然后乔治接过了酒杯。

"你这里有啤酒吗,我喝不来这玩意儿。"路易斯拿着酒杯左看看又看看。

"当然。"祁龙对着手环说,"海波斯,拿一箱啤酒过来。"

"有没有冰的?"

"海波斯,拿冰的来。"

路易斯脸上露出了笑容,和之前狰狞的模样截然相反。

"来,干一杯。"

四个人同时举起了酒杯,一饮而尽,祁龙看着乔治把他的那杯红酒都喝完才安心地喝完了自己的那杯。

"祁龙,你怎么突然改变主意了,刚刚你可不是这样的。"

祁龙拿起红酒瓶往四个空酒杯里重新斟满。

"我现在还不能告诉你们,等到你们把伊春树和美由纪带到我面前才能告诉你们。"

乔治听完笑呵呵地看着杰克和路易斯。

"好吧,好吧,等明天我们把你要的两个人带到你面前再来看看你葫芦里卖的什么药。"

杰克,路易斯,乔治放肆地笑着,祁龙也表现得很高兴,把酒杯又一个个递给了他们。

"我来和你们说说明天早上去的路线。"

三个人围拢在了祁龙身旁,祁龙拿着酒杯在滔滔不绝地讲述。

"记住,明天从后面那条小路绕过去,从森林里偷偷进去,我家的别墅有个很大的地下室……"

海波斯不知何时已经把一箱冰啤酒从冷库里拿了上来，一瓶瓶放在了桌子上，接着啤酒"乓乓乓乓"地被打开。路易斯迫不及待地拿了一瓶喝了起来，紧接着是乔治、杰克，祁龙也拿了一瓶。他们讨论得越来越激烈，声音随之越来越响亮，酒像流水一样从满到空，空酒瓶一摞一摞地堆了起来，觥筹交错中乔治已经不胜酒力了，而另外两个人则越战越勇，干完了一瓶瓶的啤酒。

时间慢慢到了九点，杰克和路易斯架着不省人事的乔治来到了临时客房里。

"谢谢……你，祁龙先生，酒喝……喝得真是……带劲。"杰克的舌头开始打结，路易斯一把抱住了祁龙，嘴里面不知道说着什么。

"海波斯，他们就拜托你了。"

祁龙给了海波斯一个眼色，然后海波斯把路易斯从祁龙的身体上移开。海波斯将这三个人都在客房里面安顿好了之后关上了客房的门，祁龙还等在客房外面，他手臂交缠着，左手托着自己的下巴。

"老板，他们三个都安顿好了。"

祁龙抿着嘴点了点头。

"海波斯，你等会儿把……"

祁龙对着海波斯附耳低声了一番，海波斯频繁地点着头，眼睛始终看着地上的绿色花纹地毯。

二十三

"老板,一切准备就绪。"

伊春树坐在祁龙别墅的地下城堡里某个古色古香的会议室里看着面前大型投影仪里的一张军人的脸。

"好的,开始行动吧。"

军人向着伊春树行了一个军礼,然后镜头切换成了一个卫星地图,地图的中央显示的是洛杉矶的市中心,很多闪烁的红点围拢成一个圆圈,圆圈的中心是泛美生物遗传技术公司的总部。红点有序地开始朝着圆圈的中心移动,形成了螺旋形。当第一个红点到达了中心时,画面从俯视图变成了三维立体图。红点从上往下移动,可以看到地面下的通道被红点逐渐占据。

伊春树从左边的茶几柜上面拿起一个茶壶,朝精致的日式茶杯里倒了一杯清茶。他优雅地端了起来,送到嘴边,轻轻地嘬了一口。现在是早上 7 时 03 分,美由纪仍旧在梦乡里,应该不会看到接下来发生的事情。按照计划,任务应该在十分钟之内结束,如果不考虑人员生死的话。可是伊春树下达了一个命令，就是最好抓到活着的祁龙，他对自己的这个从未亲眼见过的女婿非常好奇。伊春树是个爱惜人才的人，即便女儿心里面非常反感自己的丈夫，但是从间接了解到祁龙所得到的成就中可以看出祁龙是个不可多得的生命科学人才，而人才这种稀缺的资源是伊春树赖以生存的条件，否则他也不会在沉睡了那么多年之后东山再起。

红色的点已经下降到了地下一千米处，移动的速度依然很快，红点连成的线和最降速线的形状非常相似，前方的红点已经快要进入了底部平台期。

"老板，地下发现了一个大型空间。"

"好的，继续行动。"

"明白。"

"切换到主视角，让我仔细瞧瞧。"

"明白。"

画面变成了一个广角摄像头的视野，周围几十个怪物在朝着前面飞去，从伊春树的视角看它们在冲击一扇铁门。铁门很快就被突破，画面也向前移动了过去。穿过铁门是一个宽阔的T字形路口，墙壁和天花板都被漆成了白色，或者说根本不用区分墙壁和天花板，这里像极了科幻电影里的实验室走道。走廊的结构呈拱形环绕着左右，头顶10点钟方向和2点钟方向各有平行排列的灯光为这里照明。怪物们鱼贯而入，经过了一个又一个的岔道路口，沿途一个人都没有。

"发现新情况。"

画面切换到了另两个镜头，两个镜头里面各有一个人躺在病床上，经过分辨，这两个人都不是祁龙。

"锁定目标位置。"

画面又切换到了另一个视角，一个高大的拉丁裔男子站在了一个实验室的门外，边惊恐地看着镜头边拼命地拍打着门，嘴里还在喊叫着"老板，它们来了！来了！"很快，镜头就被那个拉丁裔男子的鲜血所浸染。

实验室的门被粗暴地撕烂，镜头里面是一个大型房间，房间中央是两个类似浸入式CT扫描仪的长方形装置，一个装置里面没有东西，另一个里面躺着伊春树所要找的人。

"发现目标，目标识别，识别正确。"

祁龙从蓝色的液体里面被捞了起来，他闭着眼睛，既像是死了又像是活着。

"还活着吗？"

"报告，目标生命体征都还正常。"

"他昏迷了吗？"

"报告，目标身上有一股浓烈的酒气。"

伊春树仔细端详起祁龙的这张粘有蓝色液体的英俊脸庞。

"酒气？给他一针纳洛酮，让他醒过来。"

"明白。"

虽然美由纪嘴上说对祁龙没有感情，但是伊春树觉得毕竟是一家人，没必要弄得你死我活。伊春树按了右手边的第三个通话按钮，正好连接着美由纪的房间。他想把情况告诉美由纪，当然最好能把美由纪给招呼下来，等祁龙醒了三个人见见面，说不定美由纪到时候会感谢自己没有伤害她的丈夫。

一分钟过去了，没有回应。两分钟过去了，依然没有回应。到了第三分钟，美由纪那头依然还是没有回应，看来是睡得死死的，或者美由纪可能把另一头的通话铃声设置为了静音。

伊春树只好无奈地摇着头笑了笑，然后关闭了通话按钮。

"把祁龙带回来，带到别墅这里来。"

"明白。"

伊春树端起茶杯又小抿了几口，投影仪自动合上。他闭上眼睛细细品味着清茶优雅清新的味道，让茶叶的芬芳贯通到自己的机体里。一切都在自己的掌控之中，一切都按部就班、有条不紊地进行下去。伊春树已经创造了无数的奇迹，让无数的不可能变成了可能，让不治之症变成了长生不老的工具，让一个看似强大的国家转眼之间变成了一片废墟。对伊春树来说还有什么遗憾呢？似乎只有一个，那就是他没法复活自己的妻子，这似乎是一件不可能完成的任务。但是奇迹总是能够出现的，也许在未来的某一天，时间机器会被自己创造出来，到了那个时候，他就会和自己的妻子相遇。

伊春树的美梦被轻轻的敲门声打破了，他不情愿地睁开眼睛。

"爸爸，是我。"

美由纪的声音在门外面显得有些微弱。

"门开着。"

门轻轻地打开了，露出了美由纪一张苍白的脸。

"美由纪，我刚才还在找你呢。"

美由纪没有回答，脸紧绷着，嘴角在抽搐。

"女儿，你怎么了？"

伊春树支起了身体。

"爸，爸爸，我……"

话音未落，美由纪摔了进来，他的身后出现了两个全副武装的士兵，但从服装上来看不像伊春树的卫队。

"杰克，这下我们要发大财了。"

"哈哈，路易斯，你想要哪一个？"

"我从来不杀女人，不过这一次是个例外。"

美由纪连滚带爬地扑向伊春树，伊春树则抱住惊魂未定的美由纪，强装镇定地看着突然闯入的两个士兵。

"你们是谁？要干什么？"

"要干什么？你难道看不出来吗？"

一个枪口已经对准了伊春树和美由纪。

"爸爸……爸……"

美由纪用身体护住了伊春树。

"女儿，这是怎么一回事？"

"爸爸，我也不知道，我刚才醒来，就看见……啊！！"

枪声响起，一梭子弹打在了美由纪的身体上。

"哟，这个女人还挺勇敢的。"

"嘿嘿，让我们来看看她能撑多久。"

伊春树抱着奄奄一息的美由纪，手上面都是她身体里喷出来的热乎乎的鲜血。

"哒哒哒……哒哒哒……"

两只枪口一齐对准了美由纪和伊春树，流星雨一样密集的子弹倾泻到了两个人的身体上，喷出的鲜血如同绚烂的焰火在天花板上形成恐怖的图案。一团一团的肉块七零八落地散落在了房间的各个地方，有的粘着头发，有的连着皮肤，更多的是黏糊糊湿漉漉的组织，伊春树已经分不清楚哪个部分是自己的，哪个部分是他女儿的了。

"哒哒哒！"

又一轮子弹射了过来，美由纪的身体被打成了一摊肉酱，胰腺、肝脏，还有肾脏搅在了一起，胸口则露出了一个大窟窿，她的头盖骨被削去了一半，右眼球掉在了地板上，脑浆溅了伊春树一身。

"路易斯，怎么这个老头子打不死啊？"

"我们再来扫一拨，真是奇了怪了。"

伊春树颤抖着身体，嘴里不停地呼喊着"美由纪"，那曾是他的老婆，那也是他的女儿，可是他的女儿现在变成了一摊肉泥，被分成了无数块碎片。

"我……我要杀……杀了你们,杀了你们!"

更多的子弹迎面射来,打在了伊春树的身体上,使得伊春树的身体千疮百孔,一个个拳头大小的洞眼密布着,有些地方甚至可以钻过去一个婴儿。洞眼里汩汩的鲜血在不停地涌出,黏稠的猩红液体形成一条条蜿蜒的溪径,朝着四面八方流去。

"这下总行了吧,杰克。"

血沿着伊春树的身体静静地滑落,速度逐渐缓慢下来。洞口处,鲜血不再向外渗漏,已经开始凝固。接着,这些洞眼开始一点一点地愈合了。伤口表面再一次恢复了血色,暗绿色的皮下管道充盈着液体。伤口处,湿润的新鲜肉芽组织像破土而出的幼苗一样生长,一层一层覆盖住原先的组织。紧随肉芽组织之后的是一条条纤细的新生血管,新生血管相互交错、横生枝杈,遍布在伤口表面。新生组织生长得异常迅速,最后一个洞眼愈合时,时间仅仅过去了 10 秒,伤口和健康的组织有一个明显的界限,新生的组织偏红,而其他地方偏暗。伤口愈合后这些新生组织没有再向外扩张,他们复原为原来的形状后就停止工作,和具有记忆能力的金属极其相似。

"你们以为我是很好杀死的吗?"

伊春树站起来了,这次他眼睛里面充满了血色,那不是悲伤的血色,那是一种复仇的火焰燃烧着的血色,那里面没有怜悯,没有哀伤,那个眼神里面只有杀戮和报仇这两个词。

"路易斯,这老头子怎么也和那些'怪物'一样——路易斯,你小心！"

伊春树扑向了其中一个士兵，然后死死地把士兵按在了地上。

步枪点射打在了伊春树的身体上，把他弹开了很远。

"杰克！你带了那个子弹了吗？"

"什么子弹？"

伊春树一跃而起，然后从墙壁上将挂着的一把装饰用的日本武士刀给拔了出来，他顺势蹬了一下墙壁，朝着那个叫路易斯的士兵压了下来。

"就是那个解偶联……啊……"

日本武士刀插进了路易斯的胸膛，伊春树拔了出来，又插了进去，接着又拔了出来，之后他一次又一次地疯狂地重复着。路易斯的心脏被戳成了筛子，心房和心室里的血像喷泉一样喷射着。

"美由纪！美由纪！！"

伊春树像个疯子一样，把路易斯捅得不成人形，丝毫不顾另一个枪口已经对准了他。

"老家伙，你知道吗？"叫作杰克的士兵微笑地端着枪，面对自己同伴的惨叫不为所动，"其实对我来说你只是一张500万美元的支票。"

伊春树根本听不进任何话，他转向杰克，像条疯狗般扑了上来，接着枪声响起。

杰克总共开了六枪，每一枪击中了伊春树不同的部位，其实只要一枪就够。伊春树现在瘫在了墙根，他的身体上面多了六个窟窿,而这六个窟窿可没法复原了。

"伊春树。"杰克走过去用枪口抬起了伊春树的头,"看着我。"

伊春树的眼睛里面全是血丝,嘴唇在蠕动着,身体里面似乎仅剩下最后一点力气。

"还在想着自己的女儿?"

伊春树的嘴唇一直在蠕动。

"你到底是在说什么呢?"

杰克凑上身子。

"为……什……么?"伊春树歪着头,嘴里发出微弱的声音,"为……什……么?"

"为什么?我来告诉你为什么。"杰克看着地上那把锃光发亮的武士刀,用手拿了起来,在伊春树面前挥了挥刀刃,"伊春树,你觉得这是一把刀,一把杀人的刀,但是在我看来,这只是一堆数据罢了。"

杰克把刀架在了伊春树的脖子上。

"在我用这把刀把你的狗头砍下来之前,我还想听听你有什么话要说。"

伊春树忽然露出了一丝微笑。

"你……以为……你……真的……能……杀死……我吗?"

"老家伙,你继续说,我听着呢。"

杰克把刀从伊春树的脖子上移开,方便听清楚伊春树要说什么。

"你……把我……杀了……我……还可以……克隆……一个……新的……而你……只有……一分钟……可以……活。"

"你的保镖都被我清理干净了。"

伊春树干笑了两声。

"一……分钟……之后……你会死得……很惨……"

通话装置忽然响了起来,里面传来了急迫的声音。

"老板,我们马上就到!"

"哈……哈……哈哈。"伊春树笑出了声音,"等……我……把你……抓住后,我……会慢慢……折磨……你的,哈哈……"

"哈哈哈哈。"

杰克也笑出声音来,他边笑边举起了武士刀。

"你这个老头子可真有意思。"

伊春树的笑声越来越大,然后突然间戛然而止。

"老板,我们来了!"

门外面传来急迫的脚步声。

杰克抓起了伊春树的头,看着这张保持着大笑状态的老头子的脸,感觉十分滑稽。

二十四

铃木睁开眼睛,早晨明媚的阳光从窗帘的缝隙里面钻了进来,在床单上留下了一柱金色的光棱。他起床把窗帘拉上,房间里面又回到了原先昏暗的样子。

现在时间是上午 8 时 03 分,距离他来到现实世界已经过去了差不多快 36 个小时,总体来说铃木适应得不错。这全都得益于,他从游戏出来的时候,复制了一份凯瑟琳的记忆。他所在的房子就位于旧金山的湾区,一个熟悉的区域。生活环境和原来世界里面几乎没有什么不同,很多商业中心和地标都如出一辙。昨天铃木还特意到新斜街逛了一圈,惊讶地发现了自己家的住宅,住宅斜对面还有一个水果铺,店铺的名字一模一样,连摆设都一样,除了店主是个他完全不认识的人。他看着自己的房子,差点产生一种进去的冲动,屋外的草坪,停车道的走行,房子的样式,完完全全就是原来的翻版,这让他有种恍如隔世的感觉。他在水果店等了好久才看到自己的房子的门被打开了,一家五口从里面出来了,男主人和女主人带着自己的三个孩子。铃木看着五个人朝着水果店走了过来,然后拐到了街上。他在想如果哪一天把这幢房子买下来就好了。

当然,有些东西是铃木意料之外的。如今旧金山隶属于加利福尼亚邦联,有自己邦联的旗帜,参加奥运会也是代表自己的邦联参加,美国联邦政府已经解散了,令人讨厌的FBI已经是明日黄花,世界的格局发生了结构性变化,就和铃木的身体一样。昨天在路上至少有五个男子向自己搭讪,从20岁到50岁年龄不等,铃木很不耐烦地拒绝了他们的骚扰,更令他不舒服的是他们都盯着自己的胸和臀垂涎三尺,恨不得当场就把自己脱光。铃木觉得以后自己应该穿宽松点的衣服,免得影响自己的心情。

凯瑟琳进入的电子游戏现实平台叫作《置换空间》,是目前在游戏界非常火爆的虚拟现实游戏平台。各个游戏公司可以将自己创造的剧情文本移植到这个平台上,玩家利用脑机交互仪进入平台来体验游戏。今年一家大型的游戏厂商开发了一款团体竞技类游戏,设置了奖金,谁能完成不同的任务谁就能获得相应的奖金,铃木就是这款游戏里的内置人物。这款游戏仅在北美大陆进行竞赛,但是参加的人数竟然接近1000万,相当于北美大陆2.5%的人口。目前比赛还在进行中,游戏里面的关键人物"伊春树"还活着,谁要是能干掉他,那么参赛团队就能获得500万美金的奖励。了解了游戏规则后铃木才意识到,他一直想要搞清楚的拥有自己猥亵女孩视频的幕后黑手原来就是美由纪,自己莫名其妙地被敲诈了那么多年，原来竟然是一个曾经见到的不谙世事的漂亮花瓶在指使，想起来真有些丢人，不过还好的是，这件事也仅限于自己知道。铃木已经放弃报复的意愿了，毕竟让美由纪的意识永远地封存在游戏世界里就是对她最大的报复。

铃木把床头柜上的手机拿过来打开，里面没有任何消息。往常乔治每天都会和自己进行短信交流，但是昨天一天到现在乔治一个短信都没发来，这说明他一定还在游戏世界里。铃木内心有种矛盾，一方面他不希望看到乔治的消息，因为一想到自己要被别的男人做那种事就有种很耻辱的感觉；而另一方面，生理需求不可抗拒，凯瑟琳正处于女性生命力最旺盛的阶段，乔治高大强壮的形象恰好激发起了自己的荷尔蒙。这两种矛盾的心理在铃木的心中交锋，谁也不让谁。

时间到了8时32分，空空如也的肚子开始抗议，他把被子掀开，坐在床沿上，想着早饭应该用冰箱里的哪个食材来搭配。这个时候手机的铃声响了，是乔治的来电，铃木让来电音乐响了好几次才接起了电话。

"喂，凯茜，我们成功了，路易斯和杰克把伊春树干掉了。"乔治的声音兴奋到了沙哑的阶段。

"真的吗？那太好了！"铃木假装很高兴地回答。

"你刚才还在游戏里吗？"

"我前天就出来了。"

"哈哈，你可真是倒霉。"乔治"咯咯咯"地开始笑了起来。

"才用了三天时间,你们是怎么做到的?"

"凯茜,实在是太奇妙了。"

"怎么了?"

"我在电话里面说不清楚,但是我得说,如果让我们重来一次的话绝对不会再发生这么离奇的事情了,运气站在了我们这里。"乔治激动的情绪都快要传染给了铃木,"凯茜,我先洗个澡,等会儿我会和其他人集中一下。"

"好的,我也还得洗漱呢。"

"你还没起床?"

"是的。"

"要不这样吧,我们一起吃个早饭,就在老地方那个店。"话筒里面传来水的声音。

"没问题,乔治。"铃木强颜欢笑地回答。

"OK,等你,凯茜。"

铃木挂上了电话,叹了口气,心想该来的还是得来,但是同时心里面竟然还有些小期待。

祁龙挂上了电话,把手机放在了浴室镜子下面的支架上,欣赏起自己壮硕的肌肉。他刚刚擦干的身体还冒着热气,浴巾裹住了自己的下半身,很像剃须刀广告里面的男模特在摆着造型。金色的短发,蓝色的眼睛,高挺的鼻梁,肌肉比原先的更加壮实,身材也更加高大,肤色变成了小麦色,最关键的是自己年轻了

10 岁，从一个 30 岁的在东方人眼里俊朗的男人变成了一个 20 岁在西方人眼里俊朗的小伙子。

五分钟之前还挺惊险的，假如再差个十几分钟也许自己就逃不出来了。单单解析乔治的海马区蛋白化学修饰组学的信息就花费了将近四个小时，然后连接游戏主服务器再加上寻找乔治的终端地址又耗费了几个小时，当中还出了一些差错，不过最终总算是逃出去了，他也不得不暗道，铃木还真是有把刷子的。路易斯和杰克也没有多管乔治的突然消失，而是天还没亮就醒过来出发了，他们还以为乔治一个人偷偷先出去了呢。让祁龙没料到的是，这两个看起来有勇无谋的愣头青竟然就这么直闯龙潭完成了任务，简直如同电影英雄一般。

祁龙模仿铃木的手法也给自己复制了一套乔治的记忆，刚才从浴缸里醒来之后一幅清晰的记忆画卷在脑海中铺展开来，他的童年、他的父母、他的成长、他的朋友都历历在目，此外还有他的女友——凯瑟琳·普利特雷，哦，不，现在她已经不叫这个名字了，应该是铃木透夫。

刚才在电话听筒里，祁龙仔细地聆听着对面声音里的变化，以及隐藏在声音里面的情绪和心理活动，电话的那头掩饰得非常好，好到祁龙甚至在怀疑电话那头是原来的那个凯瑟琳还是被铃木偷换了意识的凯瑟琳。换一个角度想，自己刚才的表演也是惟妙惟肖，另一头的铃木也绝对意识不到自己在和乔治对话，更想不到自己接下来的结局。

祁龙用毛巾把自己湿漉漉的一头金发擦了擦,从洗手池的柜子里拿出了一个自动剃须刀,优哉游哉地开始对付起留了四天的胡须。

铃木还没到达目的地的时候,就听到了阵阵欢声笑语在商业广场回荡,五个人坐在了巨型广告伞下面,桌子上摆满了丰盛的早餐。

"凯茜!这儿!"

铃木看见乔治在向自己招手,他脸上马上露出了笑容,朝着乔治一路小跑过来。乔治还没等自己走近就一把勾住自己的腰,然后在自己的脸颊上亲了一口,一股雄性荷尔蒙的味道袭来,让铃木的身体产生了些许化学反应,这是对异性的一种生理反应。需要和厌恶,同时席卷而来,折磨着他。

"乔治,也让我们亲一口吧。"其中一个满脸青春痘的家伙笑着说。

"威廉,你给我闭嘴。"乔治假装嗔怒道。

"大家好。"

铃木向除了乔治的另外四个人打了声招呼,这四个人他都见过,鲁莽的威廉,同样有点鲁莽的路易斯,瘦高个杰克,以及腼腆的汉克。铃木不客气地拿起了简易折叠圆桌上的汉堡,边咬边问道:

"听说你们赢了?"

"是我，凯茜，是我杀的伊春树。"杰克急吼吼地嚷嚷道。

"杰克，别忘了，要不是我提醒你用那个解偶联弹，你早就死了。"路易斯不满道。

"那不管，是我亲手把那个老家伙的狗头给砍下来的。"杰克反驳道。

铃木用吸管吸着碳酸饮料，乔治的这几个朋友经常一言不合就怼来怼去。

"好了好了，你们别吵了，这是团体的功劳，没必要这样争来争去。"

"乔治说得对，这是集体的功劳。"

威廉一说完，大家便一起用鄙夷的眼神看着他。

"你们干吗这么看着我？"

"威廉，亏你还说得出口，要是听你的我们早就出局了。"

威廉转了转眼珠，默默拿起饮料吸了起来。

"威廉怎么了？你们为什么这么说？"铃木好奇地问道。

"凯茜，我们在游戏里遇见了一个关键人物。"

"谁？"

"祁龙。"

"祁龙？我好像有点印象。"铃木看着乔治，乔治用怪异的眼神看向自己。

"凯瑟琳，你忘了吗？就是那个生物公司的老总呀。"路易斯蘸着薯条说道。

"哦，我好像想起来了，就是那个伊春树的女婿？"

"对，这家伙真够神通广大的，不但造出了对付那些怪物的武器，还给了我们伊春树位置的坐标。"

"你们怎么找到他的？"

"在一堆废墟里，我们降落的地方在旧金山，然后听到了废墟里面有个人在叫喊着，起先我还以为他是个骗子呢，长得丑陋无比，还是个瘸子，他说自己被一个叫铃木的人偷换了意识，所以他要找到那个家伙。"路易斯嘴里塞满了薯条。

"感觉像看电影一样！"

"然后我们开车到了他的公司，反正恰好那个叫铃木的家伙就在他的公司里，他把意识换了回来，然后又给我们造了对付怪物的武器,我们拿着武器打了一个漂亮仗，汉克不小心受了重伤。"汉克不好意思地看了铃木一眼，然后又低下了头。"后来祁龙这家伙不知道什么原因告诉了我们伊春树的地址，然后我们顺着这个地址找到了他以及他的女儿，然后游戏就结束了——对了，乔治，我和杰克早上醒来的时候你去哪里了？我还以为你一个人偷偷单独去了呢。"

"我怎么知道，昨晚喝得我昏昏沉沉的，醒来的时候游戏都结束了。"

"那个祁龙呢？他后来怎么样了？"铃木咬着薯条看着路易斯。

"不知道。"路易斯耸耸肩膀。

"也许游戏结束了，这个人物也就没有了。"乔治轻描淡写地说。

"我倒是挺想知道这家伙干吗要叫我们把伊春树和他老婆逮到他这里。"杰克皱着眉头。

"我看就是他觉得自己被他老婆和岳父欺骗了,想要报复呗。"沉寂在一旁的威廉终于说话了,"哎,你们管那么多干什么,反正我们赢了,钱才是一切,等明天领了奖拿了钱,我先要去买一辆跑车,就是……"

威廉只要一打开话匣子就收不住,大家都像在躲避刺耳噪音一般闷头吃着东西,铃木观察到汉克吃得很少,而且还时不时偷瞄自己和乔治一眼。

"凯瑟琳。"威廉把矛头指向了自己,"你怎么样,你是怎么死的?"

"我?"

"对,你不是和你的那些好姐妹们也组团参赛了吗?"威廉脸上的青春痘在晨光的照射下就好似月球表面。

"凯茜,说说你的经历。"乔治把手搭在了自己的肩膀上,一只大手揉捏着自己的肩膀。

"一点都不好玩。"铃木眨了眨眼睛,"我是在洛杉矶降落的,刚降落到地面就遇到了它们,然后除了我以外都死光了,我一个人逃了出去,在洛杉矶的外围逛了一圈也没找到人,后来在一个街口被袭击了,然后我就出来了。"

"听起来挺无趣的。"

"没有遇上点什么有趣的事吗？"乔治转头看着自己。

"有趣的事？嗯，那倒没有。"铃木看着乔治深邃的蓝眼睛摇了摇头。

乔治哈哈地笑了起来，然后把最后一口可乐给喝完。

"大家等会儿想去哪里玩？今天可以痛快地玩一场了！"乔治放下可乐振臂一呼。

"我们去拉斯维加斯！"威廉兴奋地说。

"你才几岁，就想做那种事？"

"年龄限制真是讨厌，我倒挺想再去那个游戏里面走一遭，昨晚的酒真是喝得爽快。"路易斯不禁感慨道。

"什么，你们喝酒了？"威廉变得更加兴奋了。

"谁叫你不和我们同行的。"杰克不屑道，"对了，你这家伙是怎么死的？"

"我被吃掉了。"

"吃掉了？"

"对啊，从脚开始被吃的。"威廉翻了个白眼。

"哈哈哈哈……"乔治、杰克和路易斯笑得前仰后翻。

"喂，有这么好笑吗？"

"威廉，真想看看你的死状有多丑，哈哈哈哈……"

二十五

　　夕阳从太平洋的尽头射过来，染红了旧金山的海湾，也染红了祁龙汽车的玻璃。年轻真是个好东西，可以让人不知疲倦，可以让人享受到其他年龄段的人享受不到的精彩。从早上吃完早饭，祁龙一行六个人从游乐园玩到了沙滩，然后又是游泳和冲浪，除了汉克始终一副闷闷不乐的样子外，大家都玩得很尽兴。汉克的心里面一定感到很沮丧，汉克是觉得自己被欺骗了呢，还是认为意识转换没有成功呢，两者皆有可能。他说不定埋怨过祁龙这个人，也有可能抱怨过路易斯和杰克为何不慢一点杀掉伊春树，更有可能的是他憎恨祁龙干吗这么快把伊春树的地址给他们。不过这些都不重要了，原来的那个祁龙已经随着游戏的结束而烟消云散了，汉克再想抱怨也于事无补了，更何况他怎么可能猜得到目前拥有着乔治身体的真是那个叫祁龙的人呢。

　　潮湿的海风从车窗外袭来，然后穿过车厢从另一侧溜走，祁龙看着自己右侧这个年轻貌美的女人，她苗条、健康、发质如金，坠及肩膀,深凹的绿色眼睛,上翘的鼻尖,隆起的胸部,平坦的小腹,真是一个尤物。不知道美由纪怎么样了?她也是一个不幸的女人。奇怪,怎么会想起她呢?自己明明对她没有感情的啊?眼前这个身体原本是属于凯瑟琳的,而现在,承载这具肉身的灵魂是一个曾经猥琐残疾的中年男子。

到现在为止,祁龙还没看出明显的破绽,似乎有露出些许马脚,但不足以作为确凿的证据。祁龙想到恐怕铃木并没有逃出来,也许他失败了,依然留在了游戏世界里。这样的结局也不错,至少自己是逃了出来。但是一想到铃木现在是假借了凯瑟琳的躯体从游戏世界出来而且还在心里面暗自窃喜,祁龙就感到气不打一处来。

这是一场激烈交锋的追逐战,有时候祁龙领先,有时候铃木领先,两个人的差距不会太大,因为一旦拉开了一定的差距就会万劫不复、直坠深渊。

"凯茜,你累吗?"

"一点儿都不累。"

"那我们去找个高档的餐厅填饱肚子。"

"好主意。"

凯瑟琳,哦,不,是铃木在朝着自己微笑,一个丑陋的灵魂在微笑,笑起来是那么好看,整齐洁白的牙齿,看不见毛孔的娇嫩肌肤,还有一股子青春的气息,激荡起了祁龙原始的冲动。

祁龙心想,再陪铃木玩会儿吧,让他体会下这种被玩耍的感觉。

在旧金山海湾边的某幢高楼的顶层旋转餐厅里,一对年轻的情侣面对面,夕阳刚好从靠窗的一侧斜射进来,把两人的头发和侧颜染成了绯红色。窗外除了稀稀拉拉的小舢板,唯有落日的余晖和一望无际的大海,偶尔从很远处传来孤单的汽笛声,可是怎么都找不到船只的身影。时间在这两个年轻人上面停滞,仿佛他们永远不会变老,男生把青菜叶子送到了女生的嘴里,女生把玉米颗粒送到了男生的嘴边,笑容在双方的脸上绽放,眼神里面传递着旁人无法解开的密语,夜色缓缓降临在了这座海滨城市,民航飞机闪烁的航空灯划过天空。餐厅里的人渐渐多了起来,背景音乐变成了巴赫的勃兰登堡协奏曲第三号。

"凯茜,这里真不错。"

男生靠在软椅上,指着窗外面即将暗下来的夜空。

"是啊,太美了。"

女生用手托着下巴,同样感叹道。

"五百万美元奖金,我们五人分,凯茜,真不知道该怎么花这么多钱。"

"乔治,你不是想学医学吗?足够你读医学院了。"

"不,凯茜,这个钱应该我们俩一起花。"

男生抓住了女生的手,用真诚的眼神看着她,高脚杯里的橙汁见证着两个年轻人的爱情,因为这两个人都还没到喝酒的年龄。

祁龙把车停在了公寓楼旁边的小型停车场上，关上了电动轿车的马达。停车场没有灯光，靠着路边的街灯照出一片能够看清的区域。停车场里面停着没几辆车，远处有一个SUV外形的轮廓，更远处似乎有几辆并排的小型皮卡。凯瑟琳所住的社区一般过了晚上8点之后就显得很宁静，偶尔会有遛狗的人经过，有些狗会朝着陌生人吠叫几声；有时候会有夜跑的人路过，但是不会注意到这个不起眼的停车场。

祁龙关上车门，从车前绕到了副驾驶座一侧，一个金发美女已经站在了自己面前，祁龙把手搂在了美女的腰上，美女也顺势搂着自己的屁股。祁龙看着她，差一点就喊出了"铃木"这两个字，但是他忍住了，现在还不是时候，还得再等等。他把嘴贴了上去，两个人熟练地舌吻起来，和之前无数次一样。祁龙品尝着这个熟悉又陌生的味道，回忆涌上了心头，严格地说是乔治的回忆。他的另一套复制过来的记忆系统开始运转了，上个星期也是在这里亲吻着，那天乔治和凯瑟琳刚刚打完羽毛球回来，身上汗涔涔的，亲热了几下之后两个人就开始讨论起过几天后将要参加的电子游戏竞赛。

晚风吹起了金发，拂过祁龙的脸颊，他一用力把对方放在了车前盖上。祁龙睁开眼睛，看着她，或者是铃木。她真的是铃木吗？祁龙又开始怀疑起来。如果真的是他，那自己就是在和铃木舌吻，这是多么让人感到恶心的事情。但是眼前的这张脸让人完全感受不到恶心，唯有取之不竭的性冲动。

"乔治，我们去楼上吧。"

祁龙的手停了下来，他的心颤了一下，因为他找到了眼前的这个女人确实是由铃木操控的证据，凯瑟琳过去在停车场里从来没有说过这句话。

终于露出马脚了，祁龙暗自窃喜道，但随之而来的是胃里面一阵恶心，因为他意识到刚才自己是真的在和铃木亲吻，是真的在用自己的嘴唇进行接触，虽然他的样子是个金发美女。

这一点让祁龙感觉很不舒服。

祁龙逼着自己牵着铃木的手走出了停车场，马路上行人稀少，公寓楼就在马路边，只有一辆黑色的轿车沿街停靠着。这里是凯瑟琳上大学之后就开始外出租住的房子，离大学城不远，平时靠走路一刻钟就能走到。公寓是20世纪建造的，留着20世纪90年代的风格，现在看起来并不显得过气。在电梯里面，两个人又开始亲热起来，只不过这次祁龙的动作明显比之前小了很多，反而是铃木更加主动。电梯在5楼停下，现在是铃木拉着祁龙的手。

一扇公寓门打开了，一男一女闪了进去，然后把门关上。

铃木进屋后迫不及待地开始脱祁龙身上的衣服，还差点把一个装饰用的花瓶打碎。而让祁龙感到更加有些意外和反胃的是，铃木竟然开始解自己的皮带了。

真是演得够像的，还给自己加戏，祁龙一边在心里暗暗哂笑，一边担心铃木接下来的行为。

"凯茜,你这里藏着酒吗?"

祁龙的这句话制止了铃木进一步的动作。

"当然有,你忘了吗?上次你还偷偷带了几瓶酒来。"

"哦,我差点忘了,我们喝一点?"

铃木原本蹲在地上,现在站了起来。

"好啊,乔治,啤酒还是红酒?"

"红酒,最好来点音乐。"

"这样更好。"

铃木莞尔一笑,摸了一下祁龙的裤裆后朝着厨房走去。

祁龙回想了刚才铃木的所作所为,一股无名之火窜上心头,然后又想到自己下午的时候竟然会有和铃木做爱的冲动,心里面更加恼羞成怒。作为堂堂的加州大学博士生、泛美生物遗传技术公司的首席执行官、诺贝尔奖热门候选人,竟然想要和一个丑八怪发生性关系,想想这个念头就令人作呕。

客厅里面传来了萨克斯的暧昧旋律,铃木提着两个斟满红酒的酒杯走向了自己。

"乔治,去卧室吧。"

祁龙伸手接过了铃木递来的高脚酒杯,跟随着铃木走进了铺满地毯的卧室。

"干杯。"

"干杯。"

清脆的碰击声传递到了卧室的每一个角落，祁龙捏着纤细的玻璃杯脚晃动着酒杯，看着铃木仰头喝了一口红酒。

"亲爱的，你怎么没喝？"

祁龙没有回答，而是翘起嘴角看着铃木。

"亲爱的？"

祁龙在等待一个最佳的时机。

"乔治，你怎么了？"

铃木的酒杯里还剩下五分之二的酒，杯沿隐隐约约有口红的痕迹，醇厚的葡萄酒散射着深琥珀色的光芒，祁龙开口了。

"铃木透夫，你想和我继续吗？"

铃木透夫明显感到自己的身体抽搐了下，他尝试着控制住自己，但是他知道他现在的脸肯定呈现着惊恐的样子，而且有着愈演愈烈的倾向。

"铃木透夫，你想和我继续吗？"

乔治又问了一次，这一次他露出了笑容，露出了牙齿，露出了一张奇怪的脸。这不是乔治，这肯定不是乔治，否则他怎么可能知道自己是谁呢？他为什么会知道自己的名字呢？铃木快速地回忆着，难道乔治在游戏里面知道了自己干的事情？这不可能，他不可能会找到地下实验室，更别说找到凯瑟琳了。

"铃木透夫，别傻愣愣地看着我，把酒杯放下来，然后回答我的问题！"

"乔，乔治，你，你在说什么啊？我，我不是很理解。"

铃木强行露出笑容，但是无法掩盖脸部肌肉的细微抖动。

"铃木透夫，你装得挺像的嘛。"

"乔治，你在瞎说些什么？"

"我在瞎说？你把凯瑟琳杀死了，是不是？我是凯瑟琳的冤魂，来找你索命呢。"乔治的脸扭曲成了一种恐怖的形状，脸上的肌肉在张牙舞爪地跳动着，眼神里透露着凶残的戾气，这根本不是一个从小生活在波澜不惊的大城市里面不到20岁的男子所能展现出来的。

铃木感到很害怕，一种深入骨髓的害怕，眼前这个男人就这么站着一直晃动着酒杯直勾勾地看着自己，他看上去似乎一动不动，但蓝色的眼睛发出可怖的光。

"乔治，我听不懂你在说什么。"

"听不懂？"

乔治朝前走了一步，吓得铃木不敢动弹。

"乔治，你，你想干什么？"

乔治又朝自己走了一步，他的强大气场如同海啸般压了过来。

"我想干什么？"

铃木觉得自己的身体就仿佛被牢笼圈住了一般，像个束手就擒的小羊羔。他看着乔治步步紧逼，一种来自女性的恐惧淹没了她。

"我不想干什么。"

乔治停住了。

"铃木透夫，你给我一五一十地交代，你是怎么弄死凯瑟琳的？你不要紧张，把酒杯给我，慢慢回忆下，在你的记忆的城堡里寻找下，不要着急，今天晚上我们有大把的时间。"

铃木的酒杯已经被乔治接了过去，他都没意识到自己的手还保持着拿酒杯的姿势。

"乔治，我真的不知道你在说什么。"

"既然你敬酒不吃。"乔治把酒杯放在一边，然后从裤子口袋里拿出了自己的手机，"那么给你一杯罚酒喝喝。"

"你想做什么？"

乔治背靠着卧室的柜子，低着头在手机上输入着什么。

"把你的情况告诉游戏主办方，说有个玩家还困在游戏里，顺便发到社交网络上，这样的话……"

一种深入骨髓的恐惧感从大脑瞬间扩散到了全身，铃木感到自己好像漂浮在了深海之中，海底深处有着无数未知的庞然大物将自己拖入其中，他的四周连一根救命稻草都没有，只能眼睁睁地看着海水没过自己的头顶。

"你等等！"

没等乔治说完，铃木就急忙打断。

"我说，我说，但，但你不能告诉其他任何人。"

乔治停住了手上的动作。

"事情是这样的，我在马路上遇见了凯瑟琳，然后——"

"什么马路上？你上过学吗？会叙述事情吗？时间人物地

点，从头给我好好讲一遍！"

乔治忽然又狰狞起来，铃木只好简单地在心里面组织了一下语言，开始讲述故事的来龙去脉。乔治拿着手机抱着双臂津津有味地听着，没有一丝一毫的惊讶或者好奇，全程仿佛在聆听着一场音乐会一样，沉浸在了其中。

"说完了？"乔治噘起嘴摸了摸自己的下巴，铃木觉得这个动作似曾相识，但是又说不出个所以然来。

"说完了。"

乔治露出一个轻蔑的笑容点了点头，接着凑到铃木的耳边，还轻轻地拍了拍铃木的脸。

"铃木透夫，你交代得不错，我都用手机录下来了。"祁龙把手机屏幕朝铃木晃了晃。"明天我就把你刚才说的东西告诉游戏主办方，或者，现在我就发布在社交媒体上。"

乔治又开始低头捣鼓起手机来了，铃木伸手一把拉住了他。

"乔治，求求你，千万别说出去。"

铃木为自己苦苦哀求的声音感到耻辱，但是现在别无他法，只能委曲求全了。乔治却一把甩开了铃木的手，由于力气很大，铃木摔在了地上。

"你是自作自受。"

"乔治，你不能这样，乔治！"

铃木从地上爬起来，抱住了乔治的腿，差点把乔治绊倒。

"滚开，你个畜生！"乔治一脚把自己踢开。

铃木被踢到了床上，还好床是软的，否则如果撞到了墙上的话肯定会很疼。

"乔治，我愿意为你做任何事，只要你不告诉别人。"

铃木开始在床上磕起头来，惹来了乔治的疯狂大笑。

"哈哈哈，我来告诉你，你还有另一个选择，就是从窗户外面跳下去。"

乔治继续拿着手机捣鼓着，还时不时地趁机偷瞄铃木一眼。

铃木此时已经丧失理智了，他觉得命运之神简直就是一个浑蛋，从一出生就在玩弄自己，每一次当自己凭借着自身的智慧来摆脱命运的枷锁时，另一套枷锁紧随其后套在了自己的身上，三番五次的捉弄已经使得自己身疲力竭。他的绝望转化成了愤怒，愤怒集聚成了一股前所未有的力量，满腔的怒火在乔治不屑的表情帮助下熊熊燃烧。他浑身发热，心跳加速，拳头攥紧，而乔治却幸灾乐祸地享受着自己刚才卑贱的行为。

他已经无法再忍受了，无法再委曲求全了，无法再同命运讲和了。

铃木从床上一跃而起，扑向了乔治，以及他手里的手机。

乔治闪过身子，害得铃木扑了一空，撞在了墙壁上，不过还算好，没什么大碍。

"好啊，铃木，看来你是真的敬酒不吃吃罚酒了，本来我还想饶你一命，现在你是逼着我立马就发到网上。"

愤怒的火焰燃烧着铃木的全身，铃木彻底失控，他重新爬了起来，眼睛恶狠狠地盯着乔治手上的手机。他深吸一口气，像一条疯狗一样冲了上去。

两个人缠斗在了一起。

铃木使出平生最大的力气来争夺乔治的手机，但是在乔治强大的力量面前，他的力气显得微不足道，于是他使用起了一件特殊的武器。

"啊啊啊——"

铃木如同一台发了疯的机器，用牙齿撕咬着乔治的手臂，疼得他哇哇大叫。

"把手机给我！"

手机从乔治手里面掉了下来，摔在了地毯上。

铃木努力挣脱开乔治，想伸出手拿地上的手机。

就在他快要接触到手机时，乔治伸手拦住他，铃木又朝乔治的手咬去，这下把乔治彻底激怒了。

乔治使出全力把铃木朝右边猛推了一下，铃木踉跄着没站稳，脚下一打滑倒了下来，恰好后脑勺磕到了床脚的圆形木头装饰上，接着又面朝地板直直地摔了下去。

意识像断电了一般从铃木的大脑中抽离。

祁龙赶紧检查了下自己手臂上的伤口，上面留有着一排深深的齿痕，而且火辣辣地疼，右手上的新伤口还在流血，他怒不可遏地用脚把铃木踢翻过身。

祁龙举起了捏紧的拳头，蓄满了力量准备出击，可是拳头偏偏定格在了半空中。

他的"死敌"神志不清地仰面躺着，金色的头发像扇面一样铺开，隆起的胸部在微微起伏，一脸平静如水，仿佛在午睡。

刚才的那股冲动倏然间没有了，祁龙捏紧的拳头松开了，然后又慢慢地放了下来。

此刻呈现在祁龙面前的是一个不到20岁的少女，她闭着眼睛，微微侧着头，脸上除了恬静以外看不到任何邪恶的东西。

"乔治，你为什么要打我呢？我是你的凯瑟琳啊。"

一个声音从脑袋里悄悄地探出了头。

这个甜美的声音在铃木的脑子里引出了很多画面，那里面有着很多美好的回忆，而且都是来自乔治记忆世界里的回忆。其中有一个是在某个海滩边，凯瑟琳闭着眼睛在沙滩椅上酣睡，她的表情与姿势和现在一模一样，就像个池中的睡莲，让人心驰神往。

这是一种神奇的感觉，也是一种陌生的感觉，祁龙从小到大都没有感受过。

我是怎么了？

祁龙被凯瑟琳那张柔和的脸吸引住了，他过去从来没有如此欣赏过一个女人的脸。

美由纪？她长得的确很美，但是祁龙只是把她当作一个花瓶、一个工具，他从来没有对美由纪产生过感情。爱丽丝？那只是一个发泄自己欲望的秘书。还有过去遇见过的成百上千的女人，他都没有对她们产生过任何感情。

可是为什么现在会有这种感觉呢？

祁龙百思不得其解，他一屁股坐在了地上。

眼前有东西发着光，祁龙顺着光看了过去，原来是手机屏幕的光在壁橱上的椭圆形镜子里反射的镜像。

祁龙看了一眼镜子，心里面忽然"咯噔"了一下。

镜子里面并没有出现什么奇怪的现象，镜子里只是一个满面赤红刚刚打完一架的白人青年在用他蓝色的瞳孔和自己对视，但是另一种从小到大都没有出现过的感觉从意识的深处炸裂开来，并且汇聚成了三个字。

我是谁？

对祁龙来说，这是一个再简单不过的问题，他是一个成功人士，一个卓越的企业家，一个聪明绝顶的科学家，一个生物帝国的领袖。

我到底是谁？

看着镜子里面那张"陌生"的脸，祁龙忽然害怕了起来，因为他现在什么都不是，他只是一个借着另一个人外壳的孤魂野鬼，从一个虚拟的世界碰巧来到了这里。如果当时换的是汉克的身体，那么现在自己就是汉克，如果换的是路易斯，那么自己就是路易斯。

但果真是这样子吗？

祁龙不想就这么轻易地被这个问题打败。

不，不是，我就是我，我就是祁龙，即便换成了铃木那具残缺不堪的躯体，自己也是祁龙。他明白，不管换成谁的身体，他都是那个意气风发的祁龙，他的学识、他的智慧、他的成功、他的无数战利品，他属于一个独一无二的灵魂。

祁龙对着镜子露齿而笑，并且得意地点着头。镜子里的铃木乖乖地躺在地上，就像一个被自己彻底打败的竞争者，祁龙用居高临下的态度藐视着自己的战利品，他就这样子一动不动地欣赏着，直到一股悲凉感涌上心头。

"你是一段程序或者说代码编写出来的一个电脑人，一个计算机生成的人。"

"我是进入电子游戏世界里面的真实世界里的人，乔治、我、杰克、路易斯、威廉，我们五个人都是，而你、海波斯，还有其他人都是电脑人。"

汉克在游戏里说过的话飘进了祁龙的脑海，然后变成了一把锤子，一下下地把祁龙精心构建的宏伟的"自我"大厦砸得粉碎。

一切都是有人设计好的，祁龙的出生、祁龙的成长、祁龙的成功，甚至是祁龙的对手和祁龙的老婆。这些简简单单的问题祁龙竟然没有一丝一毫地想过，过去他的思想完完全全被想要复仇的怒火所占据，根本无暇思考这个简单又致命的问题。

自己的行为，自己的动机，自己想要实现的一切丰功伟业，都只是一行别人设计的程序，一串枯燥的代码，这些竟然都只是为了服务一个电子竞技游戏比赛，这是多么荒诞又令人悲哀，自己还自得其乐地享受着这种被蒙在鼓里的快乐,如同一个把头埋进土里的鸵鸟。

我到底在干什么呢?我就像一个笨蛋,一个彻头彻尾的笨蛋,以为自己掌控着自己的人生,其实只不过是一个提线木偶罢了。

转瞬之间,祁龙对铃木的恨意也小了很多,这种感觉虽然很奇怪,但也很符合逻辑。自己为什么要和铃木做这种你死我活的斗争呢?他也不过是设计出来的角色,自己和铃木之间的仇恨根本就是一场子虚乌有的闹剧,完全就是为了游戏的剧情需要,完全就是毫无意义的。既然如此,何必要搞得你死我活呢?

祁龙来到了铃木身旁,把他翻过身来,并且轻轻地拍了拍铃木的脸。

"凯茜——哦不,铃木,你醒醒,铃木,我想和你说件事情,其实我是——"

祁龙刚准备把自己的名字说出来,但是立刻停住了。他在想,我这样和他坦白,铃木会理解吗?他要是知道了我不是乔治而是祁龙的话,他会怎么做呢?

如此想来祁龙只得作罢,呆坐在地毯上,冷不丁又一个问题冒了出来。

刚才自己怎么差点喊出了凯瑟琳的名字?刚才是自己说的吗?还是脑子里面的那个乔治说的?

祁龙的大脑已经容纳不下这么多的疑问了。

手上的剧痛,内心的焦灼,思想上的矛盾,自我认同的崩溃,还有那种全新的又陌生的情感，这一切汇聚在一起形成了一场激烈的头脑风暴，让祁龙无所适从，举步维艰。他左顾右盼，无处不是藩篱和牢笼，死死地禁锢住了自己，嘲笑着自己的困兽之斗。

他木然地起身，离开了这间卧室。

"铃木透夫，你该醒醒了。"

铃木再一次睁开眼睛的时候，左脸还有一点疼痛，眼睛肿胀着露出一条缝隙。眼前昏暗一片，沉重的脑袋里仿佛灌了铅一般。

"铃木透夫……"

有人在低声叫唤着自己的名字，声音仿佛从左侧传来，又似乎从上面传来。铃木把眼睛睁大，看到了一个圆形的物体，他定睛看了看，原来是自己卧室天花板上的圆盘状吊灯。现在铃木知道自己正躺在床上，头下面枕着枕头。铃木用腰腹的力量让自己身体慢慢伸直，脸上还残留着被抽打之后的烧灼感，眼睛更是疼痛难忍。

"不用担心，他已经走了。"

声音从在靠近阳台的沙发上发了出来。

"你是谁？"

窗外的月光照出了坐在沙发上一个黑暗的人形剪影。

"我是谁并不重要，一个人的外表可以伪装，就像你一样。"

那个黑影的声音很低。

"你想要干什么?"

"铃木,你不用害怕,我不是来伤害你的。"

黑影动了动,从沙发上起了身,一个高大的轮廓挡在了窗前。

"你到底是谁?!"铃木手里紧抓着被子。

那个黑影走上前了两步,靠在了衣橱边。

"铃木,你知道刚才那个人是谁吗?"

"哪个人?"

"就是刚才打你的男人。"

铃木霎时脸红了,而黑影此刻离开了衣橱,走到了铃木的面前。一股子强大的气场袭面而来,一种带有类似金属味的气息从黑影身上散发,同时伴随着经年不换的皮革味。

"你,你到底是谁?"

"哎!铃木,你得先回答我的问题。"

"什么问题?"铃木眼神恍惚地问。

"你的记忆力可够差的。"

铃木渐渐缓过神来。

"难道他不是乔治?"

"不,不是乔治,他曾经是你的一个熟人。"

"我的熟人?"

铃木觉得有些奇怪。

"一个很熟悉的人。"

铃木在自己的记忆里面搜寻，记忆里面有太多的人，太多的熟人。

"他是谁？"

黑影凑近身体，轻轻说了两个字，声音仿佛是从一片虚无的深渊里面飘出来，然后像一缕青烟突然爆发出一团火焰。

"祁龙？"铃木回想着之前的场景，"不可能，他怎么可能会是祁龙，祁龙早就不存在了。"

"那你又是怎么变成凯瑟琳的？"声音里面隐藏着听不见的笑声。

铃木看着面前完全看不清楚的黑色脸部轮廓。

"你到底是谁？你怎么会知道？"

铃木想起了过去自己每个月都会去的地下空间，黑暗中有一个不知从哪里发出的冷冰冰的声音在命令自己。会不会这两个声音就是同一个人发出来的？

"你是美由纪那边的人？"

"美由纪？哈哈哈……"一串机械式的笑容从黑影中传出，"铃木，看来你还没从过去的阴影里面走出来，哈哈哈哈……"

笑声一直在持续着，好像上满了发条的时钟一样停不下来。

"喂！你能不能别笑了？"

铃木被这种没有变化的笑声搞得很烦躁。

"你听到了没有？别笑了。"

笑声还在继续，铃木感到自己的脑袋要爆炸了。

"喂！你别笑——"

铃木的声音还没完全吼出来，一只戴着手套的手已经卡在了自己的喉咙上。

"铃木透夫，我很同情你，你想要改变自己的命运，但是命运却一直在戏弄你。"

铃木的双手抓着戴着手套的大手，喉咙仿佛要被捏碎了。

"祁龙曾经是你的命运，他把你控制得牢牢的，让你死心塌地地为他效劳。你曾经成功过，曾经逆转过，可是现在，祁龙依然在操控着你，我可以清楚地看到他在你脸上留下的烙印，还有一些留在了你的心里。"

铃木觉得再过几秒钟自己就要窒息了。

"你现在是不是很想亲手抓住祁龙？是不是很想亲手把他杀死？很想让他尝尝被捉弄的滋味？"

手上的力量稍微松了些，铃木总算能发出点呜咽声了。

"我给你一个机会，让你单独和祁龙，或者乔治见个面，你看行吗？"

铃木的喉咙难受得很，他的呜咽声在无助地做着挣扎。

"你是同意了？那很好。"手套手总算松开了，然后又握紧了，"但是你得答应我个要求。"

铃木被折磨得已经毫无还手之力，只能小鸡啄米般地点头。

"只是一个小小的要求，并不过分。"

手套手松开了，这次是彻彻底底的松开，铃木大口大口地喘着气,让胸中浑浊的郁气排出来。

"那么我们成交了。"

还没等铃木的呼吸完全恢复过来,一阵刺痛从左臂传来,他惊吓着把手臂收了回来,随即身体朝后缩回去。

"你干什么?"

"给我们刚才定下的契约盖个章。"

铃木的右手摸了摸左臂,刚才刺痛感传来的地方有几滴液体,他闻了闻,有鲜血的腥味。

"你对我做了什么?"

说完铃木就感到大脑变得极其沉重,眼皮开始不由自主地耷拉下来。

"让你睡个好觉。"

几秒钟后,铃木的意识如同舞台上的幕布瞬间消失得无影无踪。

二十六

　　仲春时节的某一天,在洛杉矶银河体育馆里,大型多人团队虚拟现实游戏《美国陷落》竞赛的颁奖现场人山人海。作为炙手可热的虚拟世界游戏平台《置换空间》旗下最火热的竞技类网络游戏,《美国陷落》的参与人数最多,所以也是这次电子游戏大会颁奖环节的重头戏。此次《美国陷落》的奖金数非常丰厚,达到了团队奖500万和单个怪物击杀奖5000的惊人数字,对于年纪尚轻、囊中羞涩的电子游戏爱好者来说是笔诱人的回报。在现场,排名前100名的个人击杀奖选手都坐在了前排,而最终囊获团队奖的团队现在在后台休息室待命。

　　祁龙、威廉、汉克、路易斯以及杰克五个人摩拳擦掌地等在了后台的休息室里,外面有点吵吵闹闹的,还在进行着电子游戏大会其他环节的节目。五个人天南海北地聊着天,看得出大家都显得很兴奋,除了汉克一个人戴着耳机在听音乐。威廉、路易斯和杰克坐在长沙发上开着荤段子,祁龙坐在单人沙发上抱着双臂跷着腿看着他们三个，他包着纱布的右手来回摩挲着自己长出些许的胡茬子。

　　昨天晚上他从铃木的家里离开，然后找了一家公立医院简单包扎了自己手上的伤口。他那时的情绪很糟糕，如丧考妣般晃晃悠悠地回到自己家里，接着倒头就睡。一晚上他都在做梦，乱七八糟的梦，反正没有一个好梦，到了早上醒来他连一个梦都记不起来了。

　　昨晚上那种矛盾交织的凌乱情绪在睡了一觉后得到了稍许缓解，他洗漱的时候站在镜子前思考了良久，头一个冒出来的打算竟然是去看看铃木的情况。他被自己的这个想法吓了一跳，不过冷静下来想想，似乎不无几分道理。首先他得确认下铃木的伤势，万一摔成植物人那就麻烦大了；第二，他想和铃木心平气和地好好谈谈，谈谈昨晚他自己的一些思考，也许谈得好的话两人可以和解。当然，祁龙也得做好了再打一架的准备。

　　一大早祁龙就去了铃木那里，他悄悄地从门口的鞋垫下取出门钥匙，然后小心翼翼地开门。他踮着脚尖，悄悄地在房间里移步搜索。十分钟之后他不得不确认，房间里面空无一人。

　　至少说明铃木没摔成植物人，祁龙这样安慰自己。

　　那么铃木到底去了哪里呢？是不是应该打个电话给他呢？祁龙也试过了，可是电话那头没有人接听。后来自己的好兄弟们开始在手机里召唤自己，他只好暂时把寻找铃木的事情搁在了一边。

"兄弟们！我们到底一共杀了多少怪物啊？"威廉满脸兴奋地在座位上手舞足蹈。

"威廉，你激动这个干吗？"路易斯挑动着眉毛说。

"干吗？我不可以问吗？"威廉冲着路易斯问道。

"当然可以问。"杰克回应道，"大概，50多只吧。"

"50多只？让我算算一共是多少钱。"威廉掰着手指头算了半天也没算出来。

大家饶有兴致地看着威廉计算着。

像这样大家其乐融融地玩在一起的情景在乔治的记忆中屡见不鲜，祁龙使用着乔治的记忆，过去五个人一行外出活动的场景历历在目。在篮球场、在游戏厅、在海边，乔治有时还会带上凯瑟琳。这种感觉，很美妙，是他在其他时候从未体会过的。

"凯瑟琳，你在哪里呢？"

有一个声音在祁龙的内心深处微弱地询问。

"是谁在问这个问题？"

"是我。"

"你是谁？"

"我是乔治。"

"乔治已经不在了。"

"不，乔治还在，因为乔治对凯瑟琳的情感还在。"

"乔治对凯瑟琳的感情？"祁龙怔了一下。

"乔治已经没了，乔治和凯瑟琳都没有了，你不要再说了，"

祁龙朝着那个声音说道。

"你是个小偷,偷走了乔治的身体,但是你无法偷走他的灵魂,他还在你的身体里,你不感到羞耻吗?偷换了别人的身体却还扬扬自得,我真的替你害臊。"

"你到底是谁?"

"我是谁不重要,但是我会一直这么折磨你,让你的良心无法得到安睡。"

"你这样做有什么用?乔治已经永远地封存在游戏里了。"

"你得把他救出来,还有他的凯瑟琳。"

"救出来?怎么救?你说得轻松。"

"我不知道,但是你应该把他们两个救出来。"

"你快走吧,我不想听你说三道四。"

"祁龙,你想要救赎你自己吗?"

那个声音问了最后一个问题之后就消失了。

耳朵里面又恢复了平静,祁龙愣了下,没想到自己刚才竟然还会产生一丝负罪感来。这种负罪感从何而来?难道是因为自己复制了乔治的记忆,这些原本属于另一个人的记忆在发出无声的抗议?还是因为真实世界的人比游戏程序设计的电脑人多了点情感属性?祁龙想了想,也想不出个所以然来。

"威廉,你计算出来了没有?"祁龙抱着双臂问道。

"算,算出来了,大概有2……25万!"威廉情不自禁地傻笑了出来。

"算得还不错。"祁龙噘着嘴点着头。

"那我们一共赚了525万呢！哇哦！"威廉张开双臂，开始挥舞着。

"威廉，单个怪物击杀奖是单独给个人的，不是给你的。"坐在一旁的汉克冷冷地说。

汉克从昨天开始就不怎么激动，大家都不以为然，因为平时汉克是最不爱说话的那位。

"汉克，你怎么了？我看你从昨天开始就不怎么说话。"祁龙朝汉克说道，汉克抬头冷冰冰地看了一眼祁龙，又把眼睛收了回去。

"乔治，你别管他，他一直就是那种半天放不出个屁的人。"威廉歪着头还在跳来跳去。

汉克像离弦的箭从椅子上弹了出来，从后面扑向了威廉，然后对着威廉一顿拳打脚踢。

"汉克，你疯了啊？给我走开。"

汉克用攥紧的拳头朝着威廉的身体发泄着，威廉左躲右闪怎么也甩不开。

"喂，你们帮我把这个疯子给挪开啊！"

祁龙、路易斯和杰克在旁边袖手旁观了一段时间，祁龙脑子里面想的是在游戏世界里面那个威廉飞扬跋扈的样子，路易斯和杰克则在心里为汉克的举动叫好，毕竟威廉这个家伙说话经常不过脑子。

"我打死你个浑蛋!"汉克的拳头如同雨点般。

祁龙慢慢起身,走到两个抱在一团的人身边,想伸手劝开这两人。祁龙的手刚一搭上去,汉克就把祁龙的手打开,还恶狠狠地看着祁龙一眼。

"别管我!"

祁龙知道汉克心里面在发泄着什么,他在咒骂着那个在电子游戏里名叫祁龙的家伙,明明说好置换一下意识的,可是最终事与愿违,而昨天凯瑟琳又青春靓丽地在汉克面前出现了,快煮熟的鸭子飞走了,现在只能拿威廉这个二愣子出出气。此外,汉克的凶狠的眼神里还藏着些什么,那应该是对乔治的嫉妒之心。

祁龙无奈之下只好又走了回去,重新坐回到了沙发上。

休息室的门开了,一个戴着棒球帽的工作人员进来。

"还有15分钟,你们做好准——喂!你们两个干吗?"胖乎乎的工作人员惊讶地看着汉克和威廉。

"这两个人在干什么?"工作人员向躺在沙发上的三个人问道。

"打架呗。"路易斯耸了耸肩膀。

"那你们不去把他俩劝开?"

工作人员总算把另外三位观众从漠不关心的状态里唤醒,于是大家齐心协力把汉克和威廉分开来。

"真是佩服你们,快要颁奖的时候竟然在起内讧。"穿着大会T恤的工作人员整了整自己的帽子,"你们两个好好调整下状态,马上就要上台了。"

说完，工作人员就出了休息室的门，汉克和威廉还在喘着气，两个人脸上青一块紫一块的，还有好几道血痕。

"喂，你们三个干吗站在旁边看戏？"威廉很不爽地瞪着祁龙这边的三个人。

祁龙刚想回应，门又开了，这次还是刚才那个工作人员。

"乔治是哪一个？"胖胖的工作人员的眼睛在五个人里面搜寻。

"是我。"

"你过来下。"

"什么事？"

"有人找你。"

祁龙看了看门外，似乎没有人，但他还是站起身，朝着门外走去。

"什么事？"祁龙走到工作人员旁边问道。

工作人员没说什么，而是用头示意祁龙跟着自己走。

"我等会儿还得领奖呢。"

"耽误不了你多少时间。"

出了门，空荡荡的走道里除了自己和工作人员外没有其他人。

"到底什么事啊？"祁龙跟在工作人员旁边问道。

工作人员没说什么，只是指了指前面的拐角。

过了前面那个拐角，一个穿着牛仔裤中等身材的男子站在墙角。

"罗宾先生，这是乔治，这次比赛的获奖者。"

"好的。"

说完工作人员走开了，连看都没看祁龙一眼。

"乔治先生你好，我想我不用介绍自己了吧。"

祁龙看着罗宾先生的脸，用乔治的记忆认了出来。

"罗宾先生，久仰大名，你创造的《置换空间》虚拟世界平台真的厉害。"

祁龙跷起大拇指，罗宾先生微微笑了笑。

"谢谢你，乔治。"

"罗宾先生，你找我有什么事情吗？"

罗宾的脸上依旧挂着笑容。

"乔治，实在不好意思，在颁奖的时候打扰你，我想耽误你一点时间，让你见一个人。"

"见一个人？"

"是的，他很想见你。"

"他是谁？"祁龙有点好奇。

"你马上就知道了，乔治，你能跟我走一趟吗？"

"走一趟？可是马上就要颁奖了啊。"

"颁奖的事情你不用担心，我会叫工作人员安顿好你的伙伴们的。"罗宾的声音很沉稳，"乔治，想见你的人就在前面停车场里。"

"到底是谁呢？"

罗宾笑着用头示意祁龙跟着他走。

"走吧，乔治，很快你就知道了。"

祁龙的好奇心被勾了起来，他不自觉地跟在罗宾侧方，向着通道尽头走去。

两个人来到了位于地下二层的停车场某处，一辆超长的黑色豪华轿车横跨着占据了三个车位。

"就在这儿。"

罗宾走到轿车一侧，打开了车门。

"乔治先生，请进。"

祁龙心里闪过一丝不安，但是看着世界闻名的虚拟世界构架大师罗宾，他又把这份不安给扔走了。他低头弯腰跨进了车内，然后车门轻轻地被罗宾关上了。

车厢里面有些昏暗，从车里面也看不清楚外面，总之像个密闭的空间。祁龙坐在了一个豪华的座椅上，双手搁在了皮质的软扶手垫上。

车子启动了，后背上的压迫感传来。

"祁龙，好久不见啊。"

车子里面的装饰灯亮了，面前显露出了一个背影，一个坐在沙发椅上的背影。一颗油光发亮的后脑勺对着自己，宽阔的肩膀把衣服绷得紧紧的。

短暂的停顿后，位于祁龙身前的沙发椅自动旋转了过来，一种不寒而栗的锥刺感从祁龙的尾骨一直窜到了颈椎，直达自己的大脑。

"亨、亨德森？"祁龙脱口而出，身体僵在了座椅上，"你怎么会在这里？"

亨德森双手拄着一根银质手杖，手指上的钻石戒指闪闪发亮。

"祁龙，你不用感到惊讶。"

亨德森从西装上衣的里兜里拿了一根剪了口的雪茄递给了祁龙。祁龙没敢接，他觉得眼前这个人一定是一个幽灵。

"怎么了，祁龙，不喜欢雪茄吗？"亨德森把雪茄在祁龙面前晃了晃，"既然你不喜欢，那么我来试试这根雪茄的味道。"

亨德森从口袋里面掏出了一个打火机，"叮"的一声，蓝色的火苗蹿了老高，火焰把雪茄的前端点燃了。亨德森并没有吸，而是用食指和中指捏着雪茄任由其被蚕食。

"祁龙，我知道你脑子里在想什么。"亨德森将雪茄对着祁龙，"首先，我们不在'宇宙二号'里，也不在游戏世界里。说实话，我内心里还挺佩服你的，把一件不可能发生的事变成了可能。"

一缕直直的青烟从雪茄一端冒出，悠悠地连接到了车厢顶部。

"亨德森，你是怎么出来的？"祁龙终于开口了。

"我是怎么出来的？"亨德森假装在思索，"当我说了声'芝麻开门'后我就出来了。"

"不，我不是问你是怎么从'宇宙二号'里出来的。"

"你是问我怎么到这个世界来的？"亨德森装模作样地看了看四周，"这件事情说来话长，我得找一个地方舒舒服服地和你聊聊。"

"那我们现在是在干什么？"

"我们正去那个地方的路上。"

"什么地方?"

亨德森看了看自己手腕上的表。

"亨德森,到底什么地方?"祁龙有些不耐烦。

亨德森慢慢抬起了头,他的眼睛像老鹰一样犀利。

"我们到了。"

车门打开,一股工厂的气味从外面飘了进来。

"祁龙,你读过卢梭的《社会契约论》吗?"

祁龙摇了摇头。

"人生来是自由的,却无处不在枷锁中。"

亨德森已经先出去站在了车门外。

"这是什么意思?"

"你马上就知道了。"亨德森拄着手杖看着祁龙。

这时有个东西顶在了祁龙的后脑勺,质感很硬,异常冰凉。

"出来吧,祁龙,"亨德森说道,"否则显得有失体面。"

祁龙意识到脑后勺有一把枪顶着自己,他深吸了一口气,不慌不忙地从车子里钻了出来。车外面是一个工厂的车间,散发着各种各样有机试剂的味道,地上面是水泥地,周身有两个老式的生产线。

"亨德森,你要在这里杀了我?"

"怎么可能,祁龙,我可是两个女儿的父亲,怎么会做这般肮脏的事情。"

"两个女儿？你来到这个世界还带着自己的女儿？"

"祁龙，我刚才都说过了，这件事情说来话长，得找个清净的地方促膝长谈。"

"我觉得这里就不错。"

"这里？"亨德森用拐杖指了指那些厂房里的吊车，"这里脏兮兮的，不适合。"

"那你带我来这里干什么？"

"帮我做一件事情。"

"要是我不答应你呢？"

亨德森露出了微笑。

"你会答应的，祁龙。"

祁龙怔了一下，因为刚才亨德森没有说话，声音是从背后发出来的，一个女人的声音。祁龙转过身，凯瑟琳正端着枪对着自己。

"凯茜，你怎么会在这里？"

凯瑟琳的脸满是瘀青。

"祁龙，我的名字不是凯瑟琳，你应该叫我铃木才对。"

祁龙还没反应过来，枪声响起，然后膝盖上面传来撕心裂肺的痛感，他一哆嗦摔倒在地，用手捂着自己的右腿。

"祁龙，现在该轮到我叫你瘸子了。"

"铃，铃木，你怎么……怎么会知道我的……名字？"

暗红色的血从祁龙的手指缝里面流了出来，染红了卡其色的裤子。右侧的膝关节彻底废了，关节一移动就疼痛难忍。

"祁龙,你的算盘打得不错呀。"祁龙抬头看着铃木那张离毁容不远的脸,"可是天算不如人算,你没想到吧。"

铃木走上前来,朝着祁龙的右膝盖踢了一脚。

"啊啊啊!"

祁龙疼得在地上面打滚。

"祁龙,有这么痛吗?你装得挺像的呀!"

铃木披头散发地低头看着祁龙在惨叫。

"铃木,你这个浑蛋,你不得好死。"豆大的汗珠沁在了祁龙身体各处的皮肤上,那种钻心的痛感和内心的恨意交织在了一起。

"祁龙,你以前不是说滴水之恩当涌泉相报吗?我今天是来报答你的。"铃木又一次举起了枪,对准了祁龙的左膝盖。

"铃木,够了。"

站在一边的处于看戏状态的亨德森发话了,铃木没有理睬,而是将食指搭在了扳机上。他刚准备扣动扳机,忽然手一抖,手枪掉了下来。

"我的头!怎么回事?怎么这么痛?"

手枪摔到了地上,差一点走火,亨德森快步走了过来,把手枪捡了起来,然后把上膛的子弹退了出来。

"亨德森,你对我的脑子做了什么?怎么那么痛!"

铃木也和祁龙一样七扭八歪地在地上打滚。

"亨德森,你……你把手枪给我,让我宰了这家伙。"祁龙痛苦地抱着膝盖，咬牙切齿地说道。

"亨德森，你绝对不能把枪给他！"铃木边抱着头边喊道。

亨德森看着地上两个巴不得对方死了的人，露出了喜悦的神色。

"铃木透夫，祁龙，你们两个都是不可多得的人才，任何一方的死亡都是我的一大损失。"亨德森玩弄着手上的手杖，让自己的食指掂着，拐杖平衡地水平静止，"就像这根拐杖一样，必须保持绝对的平衡，任何一边的过重或者过轻都会破坏这种和谐。"

在亨德森的眼里，这两个人是为自己构建的庞大帝国不可或缺的基石，而且绝对不会背叛自己。

"我原来根本不会猜到有今天这个情况发生，你们两个是一场意外的产物，一对天生为敌的仇家，我希望你们两个能够摒弃前嫌，为我做一点小小的贡献。"

亨德森用手杖敲了敲坚硬的水泥地，好几个彪形大汉从各种机床后面闪了出来。

"从今天起，祁龙，铃木，你们两个就是我的员工了。"

二十七

"祁龙的下丘脑已经植入电极了。"

罗宾在亨德森的耳边轻轻地说道,亨德森点了点头。

"把铃木带过来。"

亨德森坐在一间四面全白的房间里,没有窗户,没有通风口,只有一扇门,罗宾从这扇门走了出去。亨德森拄着自己的银质手杖,在等待的间隙不禁回忆起往昔的岁月。

《美国陷落》这个游戏剧本是很久很久以前自己还是一位游戏公司程序员时和当时的同事罗宾两个人合写的,目的是为了重现自己幼年时玩《生化危机》之类的恐怖怪物游戏时的体验。亨德森本人主要设计了情节和脚本,罗宾设计了祁龙、铃木、美由纪以及伊春树等其他人物,那个时候只是设定为一个单机游戏,玩家可以自由选择这四个人物,结局也是多种多样的,可惜这个游戏的策划案不幸胎死腹中。

如今时间已经过去二十年了,亨德森已经不再是一个通宵编程的程序员了。五年前美国联邦政府解体之后，亨德森抓住了一个机遇，把国防部的一个巨型服务器以及内置虚拟地球软件买了下来，经过自己的改造换成了名为《置换空间》的虚拟现实游戏平台。短短5年之内，亨德森的企业成长为全球利润排名前十位的公司。在这个大数据的时代，想要获得巨大的利润就必须掌握海量的信息，而客户的信息至关重要，但是在北美大陆，个人的隐私权显得尤其珍贵。亨德森悄悄地和各式各样的企业签订了合同，只要有玩家使用《置换空间》这个游戏平台，那么就必须使用游戏平台的脑机交互设备，大脑一旦连接上，那么客户的大脑信息就会被偷偷地窃取，这些巨量的信息对企业的未来战略制定非常重要。年轻人是消费的主力，使用《置换空间》游戏平台的又是年轻人居多，这样就形成了一个正循环，使得亨德森的公司迅速地壮大。

随着企业的扩张，金钱在亨德森眼里只是一串数字，没有了过去的吸引力了。《美国陷落》竞技大赛只是自己无心的玩票之举，把二十年前的老皇历翻出来晒了晒，他自己也在游戏世界里面客串了下国防部专员。可是让亨德森感到非常意外的是，游戏里面的两个人物竟然逃了出来，运用的手段让人咋舌。游戏平台的脑机交互设备是将现实世界的玩家大脑信息投射到虚拟游戏中，而铃木和祁龙反向操作，把游戏世界里面的意识投射到了现实世界。亨德森在得知这个消息的时候感觉一扇崭新的门在自己面前打开了，门里面是个全新的世界。

"笃笃笃"

三声轻轻的敲门声把亨德森从思考的状态拉了回来,他抬起头,看到穿着蓝色病人服装的铃木走了进来。

"亨德森,你对我的脑子做了什么?"

铃木急匆匆地走进来,刚走到一半时不得不捂住自己的大脑,痛苦地呻吟。

"铃木,我不会伤害你的,我保证过,不过前提就是你不可以有任何攻击我的念头,否则你就会头疼。"

铃木靠着墙壁过了好一会儿才消停下来。

"亨德森,我就知道,你肯定对我的大脑动了什么,是不是?"

"铃木,你应该感谢我才对。"亨德森站了起来,走到了铃木身旁,"没有我,你怎么知道整件事呢?"

铃木气呼呼地喘着大气,胸部上下起伏,好像两座山在摇晃。

"祁龙那个家伙呢?他在哪里?"

"他的一条腿已经被你给废了,你还想怎么样?"

"我还想要他的命。"

亨德森用手杖比画了个表示拒绝的动作。

"冤冤相报何时了,你们以后要一起合作。"

"一起合作?你开什么玩笑?"

"铃木,我没有开玩笑。"亨德森的手杖把铃木的下巴抬了起来,"从现在开始,你就是凯瑟琳,祁龙就是乔治,你们两个依然是情侣,至少要在外人面前装作情侣。否则不要怪我不客气,我会把你和他重新送回到游戏世界里。"

铃木面无表情地看着亨德森。

"你依然去上你的大学,但是同时你必须为我干活,不过我可不是祁龙那种奴隶主。"

"你要我干什么?"

"很简单,发挥你的特长,别忘了,你可是一个脑科学专家。"亨德森把手杖拿了下来,背过身,"铃木,我要你为我做一件事,一件重要的事,这件事只有我和你知道。"

亨德森的脑海里浮现出了一个宏大的场景,场景里面每个人的脸上洋溢着欢乐的笑容,青春的笑容。这个世界没有迟暮的老人,没有罹患疾病的人,没有生活困顿的人。所有人都活得很快乐,所有人都不会衰老或者死亡,一个乌托邦式的世界,一个理想国。

亨德森想着想着,嘴角露出了笑容,他回过身,铃木正一脸不耐烦地看着自己。

"亨德森,你到底要我做什么?"

房间的门自动打开了,外面站着一个高大的身影。

"我让你做的事情对你来说很简单。"亨德森笑着对着门外那个高大的身影说道。

祁龙右脚上套着行走辅助装备别扭地从门外面走了进来,第一眼就看到了铃木。仇人相见分外眼红,他拖动着自己残废的右腿想突袭铃木，铃木也二话不说捏紧拳头朝他迎头痛击。半秒钟之后，两个人相约一起倒在了地上，各自捂着各自的脑袋。

"我老早就告诫你们两个要和平相处，相互仇恨对各自都没什么好处。"

亨德森大摇大摆回到了自己的座位上，白色的房间瞬间变得一片漆黑。

"我很佩服你们两个人，没想到游戏世界里设计的电脑人能够拥有超越真实人类的智慧，靠着自己的能力逃出自己的世界，罗宾和我都没有预料到，所以我觉得任由你们两个奇才相互残杀是一件让人倍感遗憾的事情。"

漆黑的房间里面，一个男子和一个女子的呜咽声在交织着。

"对于人类的未来，你们两个人缺一不可。今天，我要给你们展示一下人类未来的蓝图，让两位优先领略下。"

漆黑的房间倏然之间变得五彩斑斓，一座崭新的城市从中心向远处铺展开来，同时亨德森开始了自己的演讲……

二十八

凯瑟琳睁开了眼睛。

她刚才做了一个不长不短的梦，梦的开始是一个自称伍兹的士兵在一家中餐馆里扎了自己一针，于是一段奇怪的旅程开启了。她被那个士兵带到了一座大厦前，那个士兵背着自己走下了长长的楼梯，然后又来到了一个站台，一辆列车行驶了过来，她坐了上去。过了一会儿，列车停了下来，士兵背着自己穿过了一个个白色的通道，最后到了一间房间，房间里面有个大大的浴缸，她泡在了浴缸里。不知过了多久周围出现了很多声音，似乎在争吵，她从浴缸里被拖了出来又拖了回去。有个人一直在打自己的脸，她睁开眼睛，是那个叫伍兹的家伙，那个家伙竟然还叫得出自己的全名，更加令人匪夷所思的是他还认识乔治。后来伍兹消失了，很长时间周围没有了其他人，除了一个高大的人一直照顾着自己。

现在，她的身边空无一人。

这里是什么地方？

凯瑟琳仰躺着，头顶上是毫无特色的白色天花板，上面镶嵌着两个内置白灯。

她慢慢地起身，现在能够看明白这个房间的布置了。这是一间四四方方的白色房间，她就坐在位于当中的床上，洁白的床单铺就在自己的身上。

在她的左手边有一个门，门开着，门外面的地板也是白色的。

"有人在吗？"

没人回答她。

凯瑟琳把床单撩开，然后起身。她的脚刚接触到地面时她就觉得有点不对劲，但她不明白这种不对劲到底是什么。

一秒钟之后她知道了。

凯瑟琳刚站起来就扑通一下摔到了地上。

她再次尝试着站起来，但是又失败了，反复尝试了几次之后她找到了原因，原来自己的右腿完全使不上力气。

她摸了摸右腿，吓了一跳，她小心翼翼地把裤脚管卷了起来，露出了肌肉明显萎缩的小腿，小腿上竟然还散布着长长的腿毛。

凯瑟琳干哕了一下，赶紧把裤脚管卷了下来。

怎么回事？

凯瑟琳眨巴着眼睛，怎么想也想不通。

她摸了摸自己身体，胸口竟然非常平坦，当手逐渐朝下移动时，她摸到了一个只有男人才有的器官。

我的身体怎么变成了男人了？

凯瑟琳坐在了地上，心里面没有着落，也有点无助。

这个时候，外面出现了脚步声。

脚步声由远及近，每隔几步就停了下来，然后房间门被打开了。

凯瑟琳有点害怕。

脚步声消失了，又有一间房间门被打开了。

过了一会儿，脚步声重新出现，并且越来越近，越来越近。

凯瑟琳的心提到了嗓子眼。

突然间，一个高大的身影从门外闪了出来。

"伍兹？"

凯瑟琳脱口而出。

"你说什么？"

那个叫伍兹的士兵浑身湿答答的，他疑惑地站在门口，皱着眉头。

"你不认识我了吗？伍兹？你干吗用针扎我？"

"我不叫伍兹，我叫乔治，这里还有其他人吗？"

"乔治？"

"是的，我叫乔治，你是谁？"

"我叫凯瑟琳。"

"凯瑟琳？"伍兹笑了，"你怎么取了个女人的名字？"

"我也不知道,我醒过来就变成这样了。"

就在同一时间,两个人都不说话了,也在同一时间他们两个人朝着对方问了同样一个问题。

"你叫什么?!"

尾 声

"乔治，你昨天去哪里了？"

威廉大老远就看到乔治从篮球场的入口处走进来，他的喊声把路易斯和杰克的吸引力转移了过去。路易斯抱着篮球，手上都是汗水，杰克本来是在贴身防守路易斯的，现在他的眼睛在看着从远处穿着松松垮垮的牛仔裤走过来的乔治。

"喂，乔治，昨天颁奖的时候你死到哪里去了？"

乔治不紧不慢地走近，夕阳把他的影子拖长，还有手上的塑料袋，塑料袋里面装着些软饮料。

"汉克呢？"

乔治看着汗流浃背的三个人。

"谁知道。"

乔治把饮料一瓶瓶递给他们，但是没有一个人打开喝。

"乔治，到底发生什么了？昨天那个胖子说你不去上台颁奖了，你去哪儿了？怎么今天才出现？"

"你们想听吗？"

"当然。"

乔治打开一瓶可乐，咕噜咕噜地喝了起来。

"这冰可乐真舒服。"乔治拿着可乐，"是罗宾找我。"

"罗宾？就是那个游戏平台的设计师？"

"就是他。"

"他找你干什么？"

"还记得祁龙和铃木那两个人吗？"

路易斯和杰克都点了点头。

"他说那两个人挺有意思的，所以找我聊了很久。"

"那两个人是谁？"威廉问道。

"威廉，说了你也不知道。"乔治又喝了一口可乐，"好了，兄弟们，凯瑟琳还在等我，我先走了。"

乔治把剩余的饮料都递给了威廉，然后和三个穿着篮球服的好友点头示意后转身。

"乔治，你不和我们打会儿篮球吗？"

杰克朝逐渐远去的乔治背影喊道。

"杰克，我还有更重要的事要做！"

乔治边走边回头挥挥手。

篮球在场外的路边，一辆黑色的轿车低调地停靠着，里面坐着一个年轻貌美的金发美女，她一直目视着一个穿着松垮牛仔裤长相英俊的白人青年走近。

很快门就开了,白人青年弯腰坐了进来。

两个人就这么一动不动地坐着,过了一个红绿灯的时间才有人开口说话。

"结束了?"

"只是暂时。"

"以后就这样?"

"别无他法。"

"早知道就不出来了。"

"不,一切都是宿命。"

"那你想明白了。"

"我想清楚了,你呢?"

"别无他法。"

"那我们走吧,凯瑟琳。"

"好的,乔治。"

黑色的轿车启动了,此时一片乌云盖住了落日。

(未完待续)